薔薇の
bara no yomeiri
嫁入り

薔薇の嫁入り

水無月さらら

ILLUSTRATION：北沢きょう

薔薇の嫁入り

LYNX ROMANCE

CONTENTS

薔薇の嫁入り

プロローグ

　まだ魔法使いたちが国政に顔を出さず、世界の理（ことわり）を知るために修行する者たちといった存在だった頃のこと。

　グロリア王国に一人の王女が誕生した。

　グロリアは西の大陸に位置し、東西と南を険しい山々に囲まれた小国だ。

　山脈のお陰で他国からの干渉を受けることはほとんどなく、狭い平地で大麦を作る他は、酪農と毛織物などの手工芸で知られた素朴な土地柄である。

　とにかく、この王女は国王夫妻が結婚十二年目にしてやっと生まれた第一子だった。

　国民は快哉（かいさい）を叫び、国内外からも祝辞が相次いだ。

　生まれた瞬間から大変に喜ばれ、歓迎されたこの赤子を一目見ようと、雲を突くような北の霊山に籠（こ）もっていた魔法使いたちが訪ねてきた。

　七人の魔法使いたちは、贈り物として、年長の者から順番に小さな王女に魔法をかけていった。

「何よりもまず健やかな内臓が必要であろう」

「物事の本質を見極められる賢さがあれば、国を治めることも、家庭を円満に保つことも出来ましょう」

「慈愛の心を」

「わたくしからは、陶器のように滑らかな皮膚と明るい色の豊かな髪を授けますよ」

「ならば、魅力的な瞳もな」

「小鳥のように歌い、蝶（ちょう）のように踊る快活さも忘れてはならないわ」

　さて、七番目にゆりかごの横に立った魔法使いは困ってしまった——もうどんなことを贈り物にしたらいいのか分からない。

「だけど、こんなに長所ばかりでは人生は夢のように幸せなだけで終わってしまう……そうだわ。王女さまには、誰よりも愛の重さが分かる人間になってもらわなくっちゃ」

　彼女はその場の誰よりも若かったが、充分に賢く、未来を見通せる力があった。

　年長の六人の反対を押し切り、最後の贈り物を口にした。

「今から王女は男児の身体（からだ）に変わり、愛し愛される男性が現れるまでは真実の姿に戻れません！」

　途端に、愛くるしい女の赤ん坊は、愛くるしい男の赤ん坊の身体に変わった。

　国王夫妻は戸惑いを隠さなかった。

「王子として育てよとおっしゃるのか？」

「幼い子供に性別はないも同じ。王子としても王女としても通用するようにお育てになればよいのです。いずれこの少年の身体をも受け入れ、心から愛してくれる殿方が現れるでしょう。そうなれば、王女は幸せで充実した一生を送ることが出来るはずです」

　年若い魔法使いはそう予言すると、箒（ほうき）に飛び乗り、他の六人と共に霊山の奥にあるという厳しい修行の場へと帰っていった。

　しかる後に、彼女は西の大陸全域に知られる偉大な魔法使いとなる——名をヒルデガルド。

　三百年余を生き、火を噴くドラゴンを飛ばして押し寄せてきた他国から幾度となくグロリア王国を守った。

　王に請われ、他国の反乱を鎮めたこともある。

　ヒルデガルドは力を使い切り、今は山脈のどこかで深い眠りに就いているらしい。

　そして、彼女に魔法で誕生を祝われた件（くだん）の王女は、長じて後に王冠を戴（いただ）いた。

　グロリア王城の広間に飾られている歴代の王の肖

像画のうち、一際目を引く美しすぎる女王は〝グロリアの赤い薔薇〟と称された。

ベアトリクスⅠ世である。

南の王国ファンドランドの第二王子と大恋愛の末に結ばれ、三男二女に恵まれた。

その平和な治世から三百年以上……――ヒルデガルドの魔法は消えず、王城で生まれる王女が男児の身体に変化するという珍事がしばしば起こっている。

しかし、国民に公表しなければならないほどの問題ではない。

王女は男児になったり女児に戻ったりして育つものの、思春期の恋愛では女性の身体に定着し、必ず幸せな生涯を送ることになるからである。

1. 薔薇の蕾（つぼみ）

厳しい冬が終わり、西の大陸の北方に位置するグロリア王国にもどうやら春が来た。

谷ではウグイスの歌声が響き渡る。

しかし、今年は木々の芽吹きが遅く、山脈から流れてくる川の水には氷が入り混じっている。野山に花が咲き乱れるのはまだ先だろう。

高い壁に囲まれた王城の庭にも花はない。ただ初夏の気温に保たれた温室では、淡いピンクの薔薇が咲いていた。来週に迫った国王クリスティアン五世の結婚記念日に合わせ、庭師が咲かせた特別な薔薇である。

王妃の名を冠した薔薇は〝イザベラの微笑〟と呼ばれる——若かりし頃の王妃の頬（ほお）は、この花びらのようだったとか。

昼下がり、その美しい薔薇が咲いたと聞いて、国王の第四子が遊び相手の伯爵令嬢アデルと共にやってきた。

「まあ、いい匂いだこと……この薔薇はやはり特別なのですね」

伯爵令嬢はうっとりと目を瞑（つぶ）り、上品な鼻をひくひくさせたが、王子——いや、少女にも見える——は匂いが強すぎると眉を顰（ひそ）めた。

「ホント、母上にそっくりだよ。見かけは可憐（かれん）なのに、それと思わせずに周りをなんとなく支配しちゃうところなんか」

批判のつもりはない。

母イザベラ王妃は弱々しげな美女だが、そのどこか悲しそうな笑みと涙で、夫である王をはじめとする周りの人々を思いのままに動かす。無意識なのか、多少は意識してなのかは分かりにくい。

繊細な母親の心痛の大半が自分にあると分かっているから、彼——いや、彼女は辛いのだった。

国王の四番目の子供として生まれた赤ん坊は女児だった。しかし、半年後には男児に変わり、その二か月後には再び女児に変わった。

三歳まで男児と女児の間を行ったり来たりし、その後は男児にほぼ定着した。この十年と少しの間で女児に変わったのは二度で、いずれも数時間のことだった。

正式な名前はフローラだが、長らく男児として暮らしている今は、便宜上フロリアン王子と呼ばれている。

「また王妃さまに何か言われたんですか？」

「背が伸びすぎだってさ」

アデルはフロリアンを振り返り、小首を傾げた。

「王妃さまだって、お背の低いほうではありませんのに……ねぇ？」

二人は顔を見合わせた。

王子と伯爵令嬢の外見はそっくりだ。

共に金の巻き毛で緑色の瞳——わずかに令嬢の髪は白っぽく、瞳には青が入り混じる。

服装が同じであれば、同一人物に思われても不思議はない。

そのため、フロリアンがドレスを着るのを嫌がったとき、または病気などで都合が悪いときは、これまで二歳上のアデルが身代わりを勤めてきた。

フロリアンは成長期で、近頃は身長がめきめき伸びている。五センチも差が出るようなら、身代わりをすることはさすがに叶わなくなるだろう。

しかし、そんな危惧は口に出さず、アデルは言った。

「伸びすぎてはいませんわよ。お姉さまのシャルロッテ様は今のあなたよりお高いくらいですけど、ずんぐりむっくりな侯爵さまと仲睦まじくお暮らしじゃありませんか」

　そうなのだ――王妃は、この性別の定まらない末娘の輿入れ先をとてもとても気にしている。美しさや愛嬌があれば、多少の不具合があろうと、殿方に愛されるのではないか、と。

　しかし、不具合はどうにも不具合である。

（輿入れ先が決まったところで、男の身体ではどうしようもないのに……）

　フロリアンは溜息を吐きたかったが、口を開いたのは欠伸をするためだった。

「ふぁ～あ」

「あら、おねむです？」

「午前中はスイートブライアで遠乗りに行ってたんだ。グロリアを二周もしちゃったよ」

　スイートブライアとは、フロリアンの愛馬――いや、正確には馬ではない。額に一本の角を生やした一角獣だ。

　処女にしか懐かないと言われている上に、一日に十里をも走るスピードを誇るため、捕らえるのがとても難しい幻獣である。

　山や森の守り神として、古くから信仰の対象でもあるこの一角獣を乗りこなす者をフロリアンは自分以外に知らない。

　性別が定まらないのは古い魔法が王家に残っているせいだったが、その他にもフロリアンはちょっとした不可思議な能力を持っていた。

　一つは目を合わせた動物の意思が分かること、もう一つは、わずか十五秒ながら、動いているものを停止させることである。

　スイートブライアとは森の中で出会い、毎日一個のりんごを食べさせることを条件に主従関係を結んだのだった。

　乗馬は難しい年頃になったフロリアンの最上の息抜きであり、また身体を健やかに保つために大いに役立っている。

　有り難いことに、一角獣のスピードでは乗っている者の姿は肉眼では捉えにくい。

　毎日のように遠乗りに行っても、男装姿のフローラ王女が騎乗しているという噂が立つようなことにはならなかった。

「それはそれはお疲れでしょう……フロリアンさま、いらっしゃいな」

　アデルはベンチに座ると、その膝にレースのハンカチを広げた——膝枕をするから、少し休めというのだ。

　遠慮なく、フロリアンはアデルの膝を借りることにした。

　後ろで一本にまとめていた髪を解き、その柔らかい膝に頭を乗せて横たわる。

　目を瞑ると、アデルが優しく髪を撫でてくれる。

　なんと快く、優しい時間であることか。薔薇の匂いもそうきつくは感じられなかった。

　フロリアンはそのまま一時間ほど眠った。

　目が覚めたとき、まだアデルはフロリアンの髪を撫でていた。

「あら、起きられましたね」

　フロリアンは長い睫毛を引き上げ、輝かしい緑色の瞳でしっかりとアデルを見つめた。

　アデルは微笑んでいた。

「僕、アデルが好きだよ」

　告白する。

「ねえ、僕がこのまま女にならなかったら、お嫁さんになってくれる?」

近頃のフロリアンの悩みはやはりそれだ。

女児として生まれたというが、物心ついたときには男児の身体でいることが圧倒的に多かった。

何かの拍子で女児になったときは、受け入れがたい違和感を覚えた。

王妃がなんと言おうと、フロリアンは自分を男だと思っている。

王家に自分のような性別の定まらない子供がたまさか生まれ、それでも最終的には王女として嫁ぐというのは知っていた。

しかし、結果として女性になった者は、最初から心が女性寄りだったのだろうと思うのだ。

フロリアンは女性になりたいとは思わないし、大抵の女性が好むものが楽しめたことはほとんどない。刺繍（ししゅう）は大嫌いだし、恋愛小説や観劇は眠くなる。ダンスは嫌ではないものの、裾を引きずるようなドレスを着てのそれはいただけない。

（僕はこのまま男でいるんじゃないかな。実は母上もそうかもしれないと疑っているから、僕の将来を思ってイライラしちゃうんだろうな）

この二年間は、すぐ上の兄王子と一緒に、政治学や法学などをも学んでいる。

そうした王族の男としての必須の勉強を差し置けば、フロリアンの最も好きなことは乗馬や狩猟、それにフルートの演奏である。剣術の稽古は嫌いではないが、筋力の弱さが難点だ。

男性として生きていくとしたら、将来的には王になるだろう長兄の補佐として王城に留まるか、国内外の姻戚関係にある大貴族の養子になるかである。

いずれの場合も公爵位といくらかの領地を与えられるに違いなかった。

それで何不自由なく暮らせるはずではあるが、有事には軍を率いて戦場に出る義務を背負う。

　グロリアは平和な国として知られるも、西の国は革命でごたつき、東にはいつ山脈を越えてくるか予想もつかない軍事国家がある。備えを怠ることは絶対に出来ない。

　何事かが起きたときには、剣を手に馬に飛び乗るのが王侯貴族の男である。

　王妃はそれをふびんに思うのか、どうにかフロリアンに女性として生涯を…と考えているのだ。彼女にしてみれば、滅多に見ないほど可愛らしい女児をこの世に産み落としたはずだったのだから。

「あら、わたしをお妃に？　嬉しゅうございます」

　事情を察しているアデルは、まずはフロリアンの思いを受け止めた。

　でも…と続ける。

「フロリアンさまには、いずれちゃんと相応しい殿方が現れますわ。とてもお美しい花嫁になるでしょうね」

「随分とはっきり言うなあ、アデル。僕が女の子になるのがいいと思ってるんだね？」

「だって、生まれたときは女の子だったのでしょ。わたしが初めてあなたと会った三歳のときも女の子でしたわ。とても可愛らしかった」

「僕は全く覚えていないけどね」

　記憶しているのは、九歳のときに一歳下の従弟のアルチュールに剣術ごっこで負け、翌日まで女児の身体になったことだ。

　股間にあったはずのものが消え失せ、小用を足すときに困惑した。

　十二歳のときにも三時間ほど女児になっている。

　当時、近衛隊長が弱冠三十歳のブルックナー男爵に交替したのだが、その着任式の騎乗姿に見とれたのが引き金だった。

男爵は誰が見ても立派な男性だから、惹(ひ)きつけられたのは無理もない。

しかし、彼が妻帯者であることを知った途端に男児に戻ったのはいかにも現金だった。

初恋は一瞬の後に失恋に終わった。

ただ、そのとき、はっきりと自分が女性にも成り得るのだと思い知った。そのくせ、膨らみかけた胸には違和感しかなかったのも忘れられない。

「ねえ、アデル」

フロリアンは起き上がり、すぐ横にいる令嬢の手を取った——髪や目の色に加え、目鼻立ちもそっくりな二人だが、女性であるアデルのほうがやはり柔らかい印象を醸す。

フロリアンがトゲのある白い薔薇なら、アデルは楚々(そそ)とした百合(ゆり)である。

美しく、聡明な彼女はフロリアンより二歳しか上ではないのに、優しさとすでに悟りきったような落ち着きを身に着けていた。

確かに伯爵の娘ではあるが、実のところアデルは正妻の娘ではない。

産みの母親が貴族ではないのだ。

腹違いの兄弟の中で一人肩身の狭い思いをしていたのを、フロリアンの身代わりが出来るというので、王城にて暮らすことになったのだ。

以来、フロリアンが着るべきドレスを身に着け、フロリアンと一緒に女性貴族としての教養を授けられている。

この外見でなかったら、こんな環境を得ることはなかったというのを彼女は重々承知している。

『あなたの身代わりとして表に立つ準備と覚悟はい

つでも出来ていますわよ』

そんなアデルだからこそ、フロリアンは誰よりも信頼を寄せている。

「キスしてもいいかな？」

「わたしに？」

「アデルのこと、本気なんだ。ずっと側にいて欲しいんだよ」

アデルは可愛らしく微笑み、目を瞑った。

了解を得たと見なし、フロリアンはアデルの唇に自分のそれを寄せていく……——。

いよいよ触れようとしたときだった。

「…王子、どこですか？　フロリアンさまぁ！」

乳母が探しにきた。

呼ばわる声音にとても無視しきれないほどの焦りを聞き取ると、仕方なく、フロリアンはすんでのところでキスを取り止めにした。

ここにいるよと怒鳴る。

せかせかと乳母が現れたとき、アデルはもう目を開けていた。

「お父さま…いえ、王さまがお呼びでございます。宰相や大臣もおわしますので、きちんと着替えてお出ましになるようにとのお達しです」

この日、王城で定例の会議が行われているのは知っていた。

月に一度、各地域の気候や産業、国民の暮らしぶりの報告と提示された議案の認否確定がなされる。

そういう場に、まだ成人には間があり、末の王女にすぎないフロリアンが呼ばれ、出席するように求められる理由が想像出来なかった。

当惑した。

「何だと思う？」

フロリアンはアデルに訊ねたが、アデルも首を傾げるだけだった。

いずれにせよ、公式の場である。フロリアンは久しぶりにドレスを身に着け、フローラ王女と呼ばれなければならない。

「……めんどくさいな」

「わたしが参りましょうか？」

「いや、自分で行くよ。なんだか込み入った話っぽいから」

「お支度、お手伝いしますわ。ベルタン夫人のデザインで、とっても素敵な小花模様のドレスが届いておりますのよ」

＊＊＊

王城を出発し、馬車に揺られること三日。

以前に落石があった難所を抜けてからは、うんざりするほど似たような景色ばかりが続いた。

葉を落とした木々と岩肌に溶け残った雪が寒々しい山道だ。

しかし、旅はもうすぐ終わる。

そろそろフロリアンはアヴァロン王国入りに備えて、少年用の旅行着から特別に用意されたドレスに着替えねばならない。

「……めんどくさいな」

最近は着替えばかりだ。

フロリアンが溜息を吐くと、侍女として随行しているアデルがくすりと笑った。

「まあ、そう言わずに……王さまの代理なのですもの、グロリアの王女として立派に訪問を果たさなくっちゃいけませんわよ」

温室から会議の場に出向いた日、フローラ王女にアヴァロン王国への公式訪問の命が下ったのである。

前年は冷夏で、グロリア王国では大麦が不作だった。加えて、湿気が伝染病を流行(はや)らせ、多くのヒツジが倒れた。

　そこへ援助を申し出てくれたのが、南隣の大国アヴァロンだった。

　厳しい冬が無事に越せたのは、かの国からの備蓄品が届いたお陰が大きい。

　ようやっと雪解けした今、両国を隔てる険しい山脈を抜けるのも容易となった。

　冬の間に作った乳製品や毛織物などの献上品を携え、しかるべき人間が御礼を申し述べに行くのが筋というもの。

「でも、なぜ僕にお役が回ってきたのかな？　王太子に危険な長旅はさせたくないにしても、ヨアキムお兄さまはいつも暇そうなのに……」

　フロリアンのぶつぶつ言う文句を聞き流し、アデルは掌(てのひら)サイズの姿絵を開いた――山道の出口まで迎えにくるというアヴァロン王国の王子である。

　アデルはこれに描かれた青年王子が気に入ったらしく、旅の間中何度もうっとりと眺めていた。

「ホントに素敵な方ですわ……お世継ぎのリュシアン王子さま。グロリアで黒髪はあまり見ないけど、この秀麗なお顔にはお似合いですこと。目はブルーだわ。明るいお色かしら？　少し灰色が入っているのも謎(なぞ)めいて見えるものですけども」

　フロリアンはアデルの手放しの賞賛が気に入らない――会ったこともないのに、よくも素敵だなどと言えるものだ。

　絵描きの腕が特別よくて、不自然にならない程度に、本物よりも美男度を高めて描かれたものであってもおかしくない。

「アデルの理想ってこんな感じなの？　僕は好かな

いけど……だって、黒髪ってなんだか不吉じゃないか。この人、立て続けに二人の兄上を亡くしてから の世継ぎ指名だって。そもそも正妃の子じゃないみたいだし」

「複雑な思いをなさっているかもしれませんわね」

「それならいいけど……世継ぎの地位につくため、いろいろやったって考えられなくもないよ」

「まあ、フロリアンさまったら！　会ったことがない方に、そのような疑惑を持つなんて……！」

アデルは軽く非難し、フロリアンに見なさいとばかりに姿絵を突き出した。

「こんな美しい殿方に、これまでお会いしたことがありまして？」

「うう…ん」

確かに、そこは否定出来なかった。姿絵を見る限りでは、初恋の近衛隊長が霞むほどだ。

まっすぐな黒髪に、金糸の刺繍が施された額飾りがりりしい。

こちらをじっと見つめてくる瞳は青く輝き、怜悧な美貌が際立っている。

しかし、口元に浮かぶ仄かな笑みは、こちらを小馬鹿にしているかのように見えないこともない。

年齢は二十代半ばを過ぎたくらいだろうか。兄であるグロリアの王太子フレゼリクよりも少し下だ。

「この絵だけじゃ何も分からないってば」

「でも、期待しちゃいますわ。中身まで素晴らしい方かもしれませんわよ。ねえ？」

同意を求めてにっこりするアデルに、今初めてフロリアンは気づいた。

（も…もしかして……？）

これは、縁談と考えるべきなのか。

大国アヴァロンがグロリアとの友好関係を望み、

王女を世継ぎの王子の妃に欲しいと言ってきたとすれば、小国のグロリアは拒めない。

考えてみれば、世継ぎが迎えに出ますから…とわざわざ姿絵を送りつけてくるのは奇妙なことだ。

「え、ええーっ」

叫んで、フロリアンはぶるぶると首を横に振った。

「まだまだ結婚なんて……早すぎるよ。僕は成人していないし、そもそも身体は男なんだし……——」

「あぁら、やっと気づかれましたわね」

鈍いにも程があると呆れてみせてから、アデルはくっくと肩を震わせて笑った。

「大丈夫、まだ年若いからとゆるゆる引き延ばすことは可能でしょう。滅多に人前に出ない深窓の王女がわざわざ出向くだけで、今回あちらは満足してくれるはずですわ……でも、嫌われればいいなんて考えてはいけませんわよ。失礼をすれば、グロリアの恥になっちゃいますからね」

「それは……——分かってるよ、ちゃんとするさ」

フロリアンは御者に声をかけ、馬車三台に荷馬車八台からなる一行を停めた。

迎えにくるという王子が現れる前に、着替えを済まさねばならない。

ドレスは後ろに付けたトランクの中だ。

「王女さま、お召し替えのためのご休憩ですー」

御者が後続に腕を振って知らせたそのときだった。

ドドドドド——ッ！

馬車の左は絶壁だったはずが、何かが押し寄せてくる音がした。

「え、なに？」

フロリアンとアデルは顔を見合わせた。

まだ馬車の扉は開けていなかった。

土砂崩れかと思いきや、小窓からは、護衛と見知らぬ男らが揉み合うのが見えた。

馬の嘶きと銃声、剣で打ち合う音。

アデルはシャッと小窓のカーテンを引くと、覆い被さるようにしてフロリアンを抱き締めた。

「山賊の襲撃ですわ。どうしましょう……ああ、フロリアンさまをお守りしなくては！」

ほどなく、馬車の扉が開けられてしまった。

剣を手に踏み込んでくる男に、気丈なアデルは隠し持っていた短いナイフを向けた――が、手がぶるぶる震えている。

堪りかね、フロリアンはアデルの前に飛び出した。

「あ…あぁ、ダメ！　ダメよ！」

「貴族の坊やが、姫さんの前でいい格好見せようってのか。ハハッ！」

男は嘲笑ったが、その憎らしい顔のままでぴたりと動きを止めた。

フロリアンの能力である。

その十数秒のうちにフロリアンは馬車の天井を掴み、弾みをつけた上で男の顎を思いっきり蹴りつけた。

男は笑った顔のまま、不様に後ろへドサリと倒れた。

すかさずフロリアンは男の手から長剣を奪った。

そして、口笛を吹き、スイートブライアを呼ばわった。

主従関係にある一角獣はすぐに姿を現した。

竿立ちするスイートブライアに、山賊たちは恐れをなした。

一角獣はこの山脈にある神聖な湖の守り神だ。怒らせれば、落雷などの天災に見舞われると信じられている幻獣である。

フロリアンはスイートブライアに跨ると、山賊やその馬たちを蹴散らして回り、護衛や従僕たちと共に積み荷を守った。

一際どっしりした馬に跨った長と思しき山賊が、フロリアンめがけて突進してきた。

「生意気なガキめ、覚悟しろーっ」

騎乗したまま、ほぼ垂直の崖を下れと指示するほどの恐れ知らずの男である。

「っく！」

果敢に応戦するも、山賊の方がフロリアンよりもずっと逞しい。このまま長く剣を合わせていたら、そうは保たないだろう。

気づいて、護衛が加勢しようと動きかけるも、他の山賊に挑まれてしまい、なかなかこちらへは近づけない。

（負けるもんかっ）

剣を合わせたまま、動けない。

スイートブライアが頭を下げ、相手の馬の喉元に角を突き立てようとする……が、そうはさせまいと馬は一角獣の鬣に噛みつこうとしてきた。

堪らず、スイートブライアが後ずさる。

フロリアンは体勢を整えようとしたものの、力の消耗を自覚した。

（制止させても、わずか十五秒。どう動けばいいんだ？）

自問に答えを見出せないでいるうちに、もう一頭の一角獣が飛び込んできた。

見知らぬユニコーンは迷いなく山賊の馬の腹を一突きした。

ドーンと馬が倒れ、屈強な山賊の長が地面に投げ出された。

すかさずそれを取り囲んだのはアヴァロン王国の兵士たちだった――特徴的な、赤い憲兵隊の制服である。

フローラ王女一行を迎えにきて、間一髪のところで間に合ったのだ。

彼らはまず長を縛り上げてから、逃げきれないでいた山賊たちをも次々と捕らえた。

ホッとして、フロリアンはスイートブライアの首に凭（もた）れかかった。

「お前、姫の従者か？」

声がした方に顔を向けた。

（う、わわわ……リュシアン王子！）

びっくりして、心臓が止まりそうになった。

山賊の馬を突いた一角獣に騎乗していたのは、姿絵通りの黒い髪にブルーの瞳——優れて目鼻立ちの整った美青年だった。

言わずと知れたアヴァロン王国の世継ぎである。

「よく頑張（がんば）ったな、偉いぞ。わたしがもっと早く到着すれば、こんな目には遭わせなかったものを……すまなかった」

謝罪を受け、フロリアンはしばしボーッとなってしまった。

馬車からアデルが降りてきた。

「ど…どうして、こんな恐ろし…——ひ、ひっく」

怯（おび）えで震えながらも、彼女はフロリアンの無事を確認するなり、天を振り仰いだ。

「おぉ、神さま！　感謝いたしますっ」

頽（くずお）れそうになるアデルにフロリアンが駆け寄ろうとするよりも早く、リュシアン王子が動いていた。

彼はアデルの足元に跪（ひざまず）くと、その手を握って慰めの言葉を口にした。

「もう大丈夫ですよ、王女。怖い思いをさせて申し訳ございませんでした。多少の怪我（けが）を負った者はおりますが、命に別状はございません。王城にて、医師に手当てさせましょう」

　アデルは王子から手を引っ込めようとしながら、フロリアンにどうしたものかと視線を投げてきた。

　目配せで、そのまま王女役で…と指示する——深窓の姫として王城深くに育ったせいもあり、自国の護衛にしてもフロリアンとアデルの見分けはついていないし、それよりも何よりも、王子に恥をかかせるわけにはいかないからだ。

　続けて、王子は挨拶した。

「フローラ王女、遠路はるばるよくぞお越しくださいました。わたしがアヴァロン王国のリュシアンでございます」

「……お…お出迎え、痛み入ります。りょ、旅中ゆえ、普段着でのご無礼、お許しくださいませ」

「よろしければ、お茶を用意させますが？　ハーブティーでも飲まれれば、落ち着かれましょう」

「か…かたじけのうございます……」

　王子はラウールという若者を呼びつけ、自分の腹心の部下だとアデルに紹介した。

　華やかな赤い髪のラウールはその場で小さな焚き火を熾し、慣れた手つきで茶の支度をした。

　しばしの休憩の後、アヴァロン王国の憲兵に守られるようにして、一行は山脈の出口を目指してまたぞろぞろと動き出した。

　フロリアンはスイートブライアに跨り、馬車のすぐ側についた。

　しばらくすると、先頭の方にいたリュシアン王子がこちらへやってきて、フロリアンの傍らに自分の一角獣をつけた。

「ユニコーンを上手く乗りこなしているな。わたしのアイザック以外に、人の騎乗を受け入れているユニコーンを初めて見るよ」

王子の瞳は単に青いだけでなく、吸い込まれそうに深い。

それにしても、男性にしてなんという美貌なのか。まっすぐな鼻筋に涼しげな目元、唇に漂う笑みは正視出来ないほど魅力的だ。

「そ…それは僕も同じです」

答えながら、フロリアンは何とも言えない気分になっていた——甘さと切なさの入り混じった感情の高ぶりに、身体の輪郭が緩むような感覚が兆す。

それは苦痛ではなく、強いて言うならばくすぐったさだ。

「アイザックは自分からわたしのところへ来てくれたのだよ。お前はどうやって手に入れたんだい？」

「ただ…目が合ったんです、それだけ」

「なるほどな」

その短い説明ともつかない台詞で了解出来たのか、リュシアン王子はそうかと深く頷いた。

しばらく二人は二頭のユニコーンを並べて走らせた。

美々しい王子との並走は息苦しく、ついにフロリアンは言った。

「あの…リュシアン王子は王女と馬車に乗られた方がよいのでは？　さっきみたいなことがあったら、危険ですし」

王子はくっくと笑った。

「こんな幼いばかりの従僕に身の危険を忠告されるとは、わたしはよほど軟弱に見えるようだな」

「し、失礼を……先ほどはお助けいただきましたのに」

「いやいや、お前の勇気はさっき見たばかりだ。剣の腕前はなかなかだった。精進を続けることだ」

褒め言葉にときめいた。

「あ…ありがとうございます」

いよいよ身体の芯が溶け出し、鞍の上でなければむず痒さに身悶えしていたかもしれない。

（あれ!?）

しばらく思い出すこともなかったが、この感覚には覚えがあった。

件の近衛隊長の就任式と同じだとしたら……――ああ、身体が女性に変わりかけているのかもしれない。

そんな事情を知る由もなく、リュシアン王子は声を少し低めて告白してきた。

「馬車の中で、初対面の王女と二人っきりは気詰まりでね……その点、腹心のラウールは女性の扱いに馴れているんだよ」

「……お、王女が、その方を好きになってしまったら、ま…まずいのでは？」

王子はあははと笑った。

「それはそれで構わないよ。ラウールは王弟である公爵の跡取り息子だから、さほど不釣り合いではあるまい」

「あ…そ、そうなんですか」

「正直なところ、わたしは結婚をするつもりはなかったんだ。世界を見てまわった後で、魔法使いになる修行をしようと考えていたからね」

「魔法使い？」

王子の口から出る単語としては意外に思われた。

「いないと思うかい？　いるよ、ちゃんと。森の奥深くにね」

魔法使いになるための修行に入るつもりが、世継ぎに指名されてしまったと王子は溜息混じりに語った。それで人生を考え直さねばならなくなった、と。

「世継ぎの王子の暮らしなんて、不自由極まりないものだよ。もし結婚するとしたら、せめて本当に好きになった人としたいと思うね」

「わ、分かりますけど……でも、お世継ぎのご結婚はご自身の望み通りにはいかないのでは？」

「そうなんだよな」

神妙に頷いた王子だったが、不意に顔を上げた。口元に悪戯っぽい笑みを浮かべながら、フロリアンに訊ねてくる。

「なぁ、お前は恋をしたことはあるかい？」

今がそうだ…！　と、フロリアンは心の中で思った。

しかし、とても口には出来なかった。

「……僕、まだ…子供ですから」

「そうだな、少年だ。お前に熱く恋を語られたら、どうしようかと思ったよ」

「リュシアン王子は…——」

「もちろん、したことはあるさ。だが、子供のお前には聞かせられないね。ただ言えるのは、大人の女性はいろいろな顔を持っているってことさ」

「はぁ」

理解しかね、フロリアンは首を傾げた。

それを可愛らしいと思ってか、王子は華やかな笑い声を立てた。

「前をご覧、街が見えてきたぞ」

顎をしゃくられ、フロリアンは少し伸び上がった。

坂の下に街が広がっていた。

城に続く大通りを中心に、等間隔で東西南北に走る道路が整然とした街並みを形成している。

石畳の道の両側に、同じ色のレンガで作られた建物がずらりと並ぶ。

素晴らしい景色だった。

「アヴァロン王国、北の都ノストラだ。この数年、国王はノストラに腰を据えているんだよ」

アヴァロンには南、西、東にもノストラと同様の要となる都市があり、王は国内外の情勢を見つつ、数年ごとに住居を変えているという。

四都市の一つにすぎなくても、ノストラはグロリアの首都よりもずっとずっと大きく見えた。

リンゴーン、リンゴーン……あの鐘の音は、夕刻を告げるものだろうか。

フロリアンはスイートブライアに揺られながら、衣類に擦れる胸の先端に小さな痛みを覚えていた。

(——僕、お…女の子になっちゃった)

傍らを行くリュシアン王子の完璧な横顔をチラと見ては、この震えるような気持ちを人は恋と呼ぶのか…と切なく、恨めしく思うのだった。

＊＊＊

ノストラの街から城までの道々は馬車の小窓からアデルが民衆に手を振ったが、晩餐会ではフロリアン自身がドレスを身に着けてアヴァロン王フィリップ七世の歓待を受けることになった。

アデルはフロリアンの身体が女性に変わったのを目にし、涙を零した。

「ああ、よかった…!」

いつもよりも滑らかになっている頬にそっと触れてきた。

「これでリュシアン王子とご結婚出来ますわ。ね、素敵な方だと思ったのでしょう? だから、身体が女性に…——」

フロリアンは複雑な気分である。

「この間、アデルを好きだって言ったのは嘘じゃないよ?」

「分かっておりますよ、お気持ちは幸せに受け取ってありますから。でもね、フロリアンさまはもともとは女の子だったのです。女性として殿方を好きになっても少しもおかしくないんですよ」

フロリアンは首をゆっくりと横に振った。

「僕はちょっといいなと思っちゃったけど、向こうにその気はないみたいなんだ。リュシアン王子は本当に好きな人と結婚したいんだって。大人の女の人にはいろんな顔があるんだってさ」

「じゃ、大人びた振る舞いをして、本当に好きになっていただきましょうよ。フロリアンさまはおきれいですけど、ドレスや髪型によってはもっと美しくなりますよ。大抵の男の方は、きれいでいい匂いがする女性が好きなんですから」

乳母は随行しなかったので、フロリアンの支度は付き人のアデルがする。

なんでもお申し付けくださいと言ってきた城づきの使用人に頼んでバスタブに湯を張って貰(もら)い、薔薇の匂いがする香油を落とし入れた。

ふんわりと結い上げた金髪にティアラを載せて、白い薔薇のコサージで飾られた薄桃色のシフォンのドレスを身に着ければ、可憐すぎる王女の出来上がりである。

広間に顔を出した途端、フロリアンを迎えるために、アヴァロン王はわざわざ立ち上がってきた。

豊かな栗(くり)色の髪と髭(ひげ)に白いものが混じっているが、王に相応しい堂々たる体軀(たいく)の壮年だ。端麗なリュシアン王子とは一見似ていなかったが、目の青さは同じである。

「よくぞお越しくださった、グロリア王国の愛らしい白薔薇よ。沢山の素晴らしい品々をお運びくださったことも痛み入る」

フロリアンの手を取り、自ら席に案内してくれた。

「末の王女は恥ずかしがり屋で、なかなか人前に出ないと聞いておりましたが……なんだ、城の奥に閉じ込めていたのは父上だったのではないかな。あなたに恋い焦がれ、馬鹿なことをする若い男が出ては困るからね」

「そ…そんな……――」

閃(ひらめ)く青い瞳はリュシアンのそれと同じ効果をもたらしかけた。

頰をほんのりと染めたフロリアンを見て、王は相好を崩した。

「フローラ王女、ごゆるりとなされよ。こちらは我が王妃と王女たち、末の王子のアンリだ」

少し前に息子を続けて二人亡くした王妃は黒いドレスに身を包み、悲しげな微笑みで歓迎の言葉を述べた。

「山賊が出たと聞きましたが、ご無事で何よりでした。恐ろしゅうございましたでしょう？　あの者たちは、追っても追ってもどこからか現れるのです」

「リュシアン王子がお迎えにいらして、頼もしいことに、すぐに蹴散らしてしまわれ……――あら、王子はどちらにおわしますか？　お迎えのときは、気が動転していて、わたくし、きちんとご挨拶出来なかったのかもしれないのですが……」

「王子は……――」

困惑の表情を浮かべた王妃に代わり、王が言った。

「失礼ながら、あの子はこの席には参りませぬ。出迎えの折に王女には挨拶出来たので、それで自分の役目は充分と申しましてな……リュシアンには世継ぎの可能性はないと自由にさせていたせいか、まだ立場がよく分かっていない。お恥ずかしい限りだ。お許しくだされ」

「いいえ、王子にはご丁寧なご挨拶以上に助けていただきましたから……ここでお会い出来なかったのは残念ですが、何かお勉強がおありなのでしょう」

如才なく答えながらも、フロリアンの恋心は急速に萎(しぼ)んだ……――萎んだのは心だけでなく、身体的にも柔らかさがスッと抜けていく感覚があった。

（やっぱり、あの王子にとっては、他国の王女なんてお呼びじゃないんだな）

残念は残念だったが、身も心もきりっとしてくるのは悪くない。

これこそ本来の自分である。

後はせいぜい親善に務めるのみだ。

王と王妃、王女たちと供されたノストラの特産物に舌鼓を打ち、両国をさまざまなテーマで比較、共通点を探すなどして、あくまで王族らしく会話に花を咲かせ続けた。

まだ十歳のアンリ王子が退室した後は、ワインを飲みながらの歓談に移った。

フロリアンより三歳上だというが、下の王女であるアマーリアは人懐っこく、仲良くなれそうな感じがした。

「ご滞在のあと三日間、フローラ王女がわが国をお楽しみいただけるようにわたくしがご案内いたしましょう」

「おお、それがいい」

王と王妃は満足そうに頷いた。

「年頃の近い娘同士、仲良うなされませ」

「聞くところによれば、春を寿(ことほ)ぐ花祭りが近々おありとか？」

「まあ、ご存じでしたのね。春一番の花が並ぶ市場も見所ですし、闘牛もございますよ。わたくしは闘牛は好きではありませんが、古い闘牛場の建物は立派なものですよ」

＊

アマーリア王女らとの三日間のノストラ観光は大変有意義なものだったが、最後の夜の宴を前にしてフロリアンはかなり疲れていた。

三日間のうちに一度くらいはリュシアン王子に再会出来るかと思っていたが、とうとう会えなかった落胆もやはりあった。

アマーリア王女が言うには、リュシアン王子は王侯貴族らとの社交を好まない変わり者らしい——腹違いの兄妹で一緒に育っていないせいか、彼女はそこを比較的明け透けに話してきた。

『とても美男だし、勉強がお好きで知識も豊富な人なのに、城に引き籠もっていることはないのよ。暇さえあれば、ユニコーンに乗って野山を走っているから、貴族たちは彼に愛想を振りまくことが出来ないって嘆いてるみたい。未来の王さまには、誰もが顔を覚えて欲しいものでしょ』

『今からごひいきが出来るのはよろしくないですわよ。そこをお避けになっておられるのかも』

『それはそうかもしれないわね……でも、わたくしたち姉妹、弟にしてもリュシアンとはあまり話したことがないのよ。悲しいけど、わたくしたちに興味がないのかもしれないわ。もっと彼のことを知りたいっていうのが本音よ』

明日は途中まで同行するのだからと、リュシアン王子は今夜の舞踏会にも現れないと思われた——グロリア国王女一行の帰国時には、山賊狩りのついでに山越えの道をしばらく護衛してくれるらしい。

ノストラで最も古い聖堂で司祭たちと昼食を共にし、城に戻ってきたフロリアンは部屋に入るなりベッドにダイブした。

「……ううう、疲れたよぉ」

手足を投げ出して横たわっていると、アデルが側に腰掛けて髪の毛を撫でてくれた。

「わたくしが代わってもよかったんですよ？」

その手の感触が気持ちいい……——女の子だな、と思った。

しかし、アデルは今フロリアンの私服を着ている。似合わないことはないけれど、身体のラインのせいか男にはちょっと見えない。男装の美少女という感じである。

「アマーリア王女がべったりくっついてくる人だから、さすがに代わったらバレてたかも……せっかく外国に来たのに、アデルは暇で可哀想だったよね」

「いいえ、お城の中を少し散歩しましたよ。でも、お話は聞かせてくださいな。今日はどちらに行かれたの？」

ほとんどの時間、この部屋で読書か刺繍をしていただろうアデルに、見たこと聞いたことを話して聞かせた。

「聖堂には第三王子だったシャルルさまが神官の一人としてご挨拶してくださったよ。今はヴァシリオス神父とおっしゃるんだって」

「その方が還俗なさって、王太子になられるというお噂もありましたよね」

「でも、すでに神官以外の何者でもないって感じの方だった。肉を食べなくなると、あぁも人らしくなくなるものかな」

「やっぱりこちらの神官もお肉は食べないのですね」

「でも、豆を肉っぽく料理したものが出たよ。ダイニングの壮麗な天井画の下で、神官たちと食事をするのは変な感じだったなあ」

「グロリアの聖堂とは何が違ってました？」

「そうだなぁ……――」

アデルにせがまれるままに語っているうち、本格的に眠たくなってきた。

欠伸が出る頃にはもう瞼が塞がりかけていた。

「フロリアンさま、着替えてからお休みになった方が……――」

「う、うーん」

口癖が出る――めんどくさいな、と。

「しょうがないですねえ」

アデルはフロリアンの手を取り、ぐいっとばかりに起き上がらせた。

「せっかくのドレスが皺になっちゃいますわよ」

目を瞑ったままのフロリアンの背中のボタンを外し、胸の膨らみを作っていた下着やコルセットを取り去る。

「ふうう」

すっきりしたとばかりの溜息が出てしまい、アデルがくすくす笑った。

ドレスを脱がせられ、寝間着を被せられてから、フロリアンは再びころんとベッドに横たわった。

「ねえ、アデル……今夜は代わりに出てくれないかな？　舞踏会だから、王族たちとまともに会話する機会はないと思うんだ。踊ってればいいよ」

ダンス好きなアデルは断らなかった。

「六時半にユーリリヒ公爵家のラウールさんが迎えにくるってさ……ほら、赤毛のイケメンさん」

ノストラに入るとき、怯えていた王女を慰めるために馬車に乗り込んできたリュシアン王子の腹心である。

「まあ、あの方が⁉」

アデルは小さく叫んだ。

「たぶん、リュシアン王子は出席しないんだよ。だから、あの人が尻拭いに指名されたんじゃないの」

もう目は開かなかったが、フロリアンはアデルの気持ちを軽くするために言った――どちらの国もお互い様だよね、と。

「どうしましょ、どうしましょう」

少し弾んだ声で呟きながら、アデルがパタパタと支度を始めた。

（あの赤毛さん、本当に女の子の扱いが上手いんだな……ま、アデルが楽しめればいいいや）

ラウールとアデルの組合せにほとんど嫉妬を感じなかったのは、フロリアンがリュシアン王子に半日ほどの恋をしたせいかもしれない。

自分の大部分は男だと思うが、女の子としての甘酸っぱい気持ちも悪くはなかった。無駄な経験ではなかったと思う。

（もう男に戻っちゃったけどね）

いつかまた女の身体になることはあるかもしれないが、今回のことをもってしても、自分が女性になることを強く望み、身体が女性に定着するような日が来るとは考えられなかった。

（……だって、僕は僕だもの）

ずっと男の子として生きてきた。

今夜のことはもうアデルに任せ、フロリアンは本格的に寝てしまうことにした。

＊

フロリアンが目を覚ましたのは、日が完全に暮れ、部屋が真っ暗になってからだった。

遠くから音楽と人々のさざめきが聞こえてくる。舞踏会は盛況のようである。

少し空腹を覚えて部屋を見回すと、テーブルの上にサンドイッチとチキンを載せた皿、果物を盛ったボウル、何か飲み物を入れたポットがあった。

舞踏会へ行く前に、アデルが城の使用人に用意させたのだろう。

紅茶はすっかり冷めていたが、寝起きにはかえって飲みやすく、ローストビーフとサーモンを挟んだサンドイッチは美味だった。

ひと通り食べてしまうと、フロリアンはりんごを持って部屋を出た。

階段を下り、パティオを抜け、裏口のホールまで迷いなく来られた。

馬小屋は城の裏手だった。

王族の乗馬のために揃えられた名馬たちが仕切りの中で休み、グロリア国から馬車や荷馬車を引いてきた馬たちが仮小屋を隙間なく埋めていた。

フロリアンの一角獣の姿はそこになかったが、大人しく仕切りに収まっている性質ではないのでそれは気にしない。

合図に決めている口笛を吹くと、間もなくどこからともなく姿を現した。

「スイートブライア！」

駆け寄って、その白い毛皮にブラシをかけてやる。

一角獣はりんごを食べながら、気持ちよさそうに目を細めた。

「お前、どこに行ってたの？　この国はどう？」

スイートブライアはフロリアンの頭の中に直接話しかけてきた。

『広い…すごく、広いわよ。簡単に一周は出来ないの。そうそう、あなたの代わりにアデルがりんごを届けにきていたようだけど、不在がちで悪かったわね』

「それは構わないけど、何を見てきたの？」

『深い森があったのよ……仲間がいる気配がしたんだけど、出会わなかったわ』

「仲間に会いたかったんだね？」

『グロリアにいるユニコーンのほとんどは親戚だもの。わたしは強い子供を産みたいの。同じ血筋は選びたくないわ、出来るならね』

「そうかぁ」

幻獣である一角獣の寿命は百年以上と聞くが、スイートブライアはまだ若く、一度も出産していない。

『フロリアンも殿方をちゃんと選びなさいよ。人間って割と適当よね、ちょっと心配しちゃうわ』

「僕は男だけど？」

『女にもなれるでしょ。この前、少しの間だけ女になったわね。匂いで分かったわ』

「僕は子供を産むと思う？」

『どうかしら……そうねぇ、あなたがそれを望むなら、たぶんね』

そんなことを話しながらブラシをかけ終わり、一緒にその深い森に行ってみようということになった。

スイートブライアはフロリアンを背に乗せると、ひらりと王城の裏門を飛び越えた。

リュシアン王子で馴れているのだろうか、門番は手を振って見送ってくれた。

フロリアンと一角獣は瞬く間に街を横切り、川に沿って軽快に他国の地を走っていく。

アヴァロン国の真ん中には周囲の山脈に負けないほど高い、天を突くような山が聳え立っているが、それを取り囲むように樹海が広がっている——ここは一度入ったら迷って出られない深い深い常緑樹の森なのだ。

いよいよ森に入ろうという前に少し休んだ。

スイートブライアが川の水を飲んでいる間、フロリアンは大きな岩に座ってオカリナを吹いた。

春の終わりの温かい風にオカリナの柔らかい音が乗る。

その音色に呼ばれたのかのように、もう一頭の一角獣が現れた。

スイートブライアが歓迎ともつかない嘶きを上げた。

「あ！」

一角獣は背に人を乗せていた——ああ、驚くべきか、必然か、それはリュシアン王子だった。

王子は舞踏会にぴったりの赤い光沢のある衣装を着て、額飾りと同じ素材のベルトを締めていた。

「やあ、フローラ王女の従者……——ええと、名前を聞いたかな？」

「フ…フロリアンです。王子さまはこれから舞踏会に行かれるのですか？」

「いや、戻ってきたところだよ。フローラ王女と一曲踊ったのだから、わたしの義務は果たしたことになるだろう」

義務という耳障りな単語に、思わず訊ねてしまった。

「あ、あの…フローラ王女をお嫌いなのですか？」

「いや、彼女がどうというわけじゃないんだ。まだ結婚に興味がないということをアピールしたいだけでね……ちょっとした抵抗かな、父上に対する。幼稚かもしれない。なぁ、フロリアン。今宵（こよい）はいい月夜だ。ちょっと探検に行かないか？」

きらきらした青い瞳が誘いかけてきた。

「アヴァロンを案内させて欲しい。お前、わたしについてこられるかな？」

「善処します。でも、お手柔らかに」

二頭の一角獣はそれぞれの主人を乗せて走り出した。

　リュシアンの一角獣は男盛りで逞しく、小さな湖くらいは一飛びで越える。

　一方、フロリアンの一角獣は若くて敏捷だ。湖に浮かんできた巨亀アーケロンの甲羅を足場に、二度の跳躍を入れて越えていく。

　樹海を大回りして、野を越え、丘を越え、東の都を取り囲む白い岩場を駆け上がった——ここは一角獣の脚力の見せ場である。

『ねえ、フロリアン。あのユニコーン、ちょっと素敵じゃない？　アイザックっていうのね』

　スイートブライアはフロリアンに興奮気味に言ってきた。

『彼、わたしに興味を持つかしら？』

「お前、アイザックが気になるの？」

『悪くないと思うのよね、彼の子供を産むのは。きっと丈夫で美しい仔馬が生まれてくるわ』

　切り立った崖の上で一休みすることになった。

　リュシアン王子はポケットからニンジンを取り出して愛馬に渡したが、アイザックはそれを咥えたものの、スイートブライアに寄越した——どうやらプレゼントらしい。

「……おや、アイザックは恋をしたようだな」

　王子はふふっと笑った。

「しばらくここにいるから、お前たちは好きにしていいよ」

　許しを得ると、アイザックはスイートブライアを従えてその場から離れていった。

　リュシアン王子の手招きで、フロリアンは彼の傍らに腰を下ろした。

「下に広がるのは東の都イーサントだよ。ノストラとはまた違った趣きの街だろう？」

「建物が白い…ですね」

「石灰岩が多いんだ、この辺りは」

　崖の下方には棚のように段々と小さな湖が連なり、その畔（ほとり）に街が形成されている。

　街の後方に立つ城は白銀色で、円筒状の建物が束になっているかのような建築物だ。尖（とが）った屋根が空に向かってそそり立っている。

「イーサントは南のファンドランド王国との行き来が盛んなんだ。あの丘を越えてもいいが、川からも行ける。わたしの母親はファンドランドの出身で、王家の子供たちの家庭教師だったんだ」

「美しい人だったのでしょう？」

「そう聞いている。父上には内緒でわたしを森で出産したらしいが、間もなく産褥（さんじょく）熱で死んでしまった。それで、わたしを取り上げた者は父上に言わないわけにはいかなくなったんだ」

「王城でお育ちではなかったと聞きました」

「そう、王妃の産んだ子ではないからね……あの優しい王妃なら、わたしを育ててくれたとは思うけど、父上は危険を冒したくなかったんだろうよ」

「ご両親が側にいなくて、苦労されたんですね」

「そうでもないよ。わたしは自由で、好きなことだけをしていればよかった。兄上たちが亡くなるまではね……兄上たちとはもっと一緒の時を過ごしたかったなぁ」

　語尾をちょっと悲しげに濁してから、リュシアン王子は肩を竦（すく）めた。

「この間から、わたしはなぜこんな打ち明け話をお前にしているんだろう。お前はまだ幼いほどに年下なのに。一角獣に乗る人間に会ったのが初めてで、特別に親近感を抱いているんだろうか」

どうとも答えようがなく、フロリアンは微笑むだけだ。

少しして、王子に告げた。

「失礼ながら、スイートブライアは王子のアイザックを気に入ったようです」

「ああ、アイザックもスイートブライアに一目惚れだな」

「だから……彼らの所有者同士も、少し仲良くなってもいいと思うんですよ」

「ああ、そうだな」

リュシアンは快活に笑い、フロリアンの背中を軽く叩いた。

「それじゃ、お前にわたしの特別な場所を教えようかな。ついておいで」

リュシアン王子について、崖の裏側に回った。

ぎざぎざした白い岩の間を抜け、下っていくと、もうもうと湯気が上がっている小さな湖……――いや、違う。これは温泉である。

「ここは上からしか来られないから、恐らく誰にも知られていまいよ。人間だけでは、ここまで上がってこられないからな」

そう言うなり、王子は衣服をぱっぱと脱ぎ出した。低い木の枝にそれらをかけ、素っ裸になってしまうと、ざぶんと温泉の中に入っていく。

「……………」

フロリアンはそれを目を丸くして見ていた――白くなだらかな逆三角形を描く背中は、筋肉質で引き締まっていた。

（わ、わわわっ）

身体の内側が揺らぐ感じがしかけた。

（なんてこと……ああ、なんてことだ）

リュシアン王子が結婚に興味がないことを思い出

し、フロリアンは懸命に自分に落ち着くように命じた。

どうにか揺らぎは収まった。

「お前も服を脱いで、入ってくるといい。おいで、いい湯加減だ」

リュシアンが男であるように、フロリアンも今は男――性別を理由に断ることは出来なかった。

「王子さまとご一緒なんて…恐れ多いです」

「同じユニコーン乗りのよしみじゃないか」

王子が友情を感じてくれているのなら、もっと断るのは難しかった。

ままよ、とばかりにフロリアンは衣服を脱いだ。

「では、お言葉に甘えて……」

隠すほどの身体ではない――発毛も見られない、まだほんの少年である。

全てを脱いで、フロリアンは湯の中に一足二足…と入っていった。

王子の側に…というか、注意深く人一人分の距離を置いてしゃがみ込んだ。

そして、俯く――自分が王子を見なければ、王子にも見られていないような気がするからだ。

湯は無臭だったが、じんわりと包み込むように温かい。

「……気持ちいいや」

思わず呟くと、王子が言った。

「だろう？」

自慢げな響きが無邪気ですらあった。

リュシアン王子に気安くして貰えていることは、喜ぶべきことなのだ。

そう理解して、フロリアンは言った。

「ほんの数日の滞在で帰るところ、アヴァロン国のこのように密やかな場所へ来ようとは思ってもみませんでした」

「外国は初めて?」

「はい、国から出たことはなかったです」

「世界は広いよ。いろいろな民族、宗教、文化…を知るのは楽しいものだ。人は自分がよく知っていることに安心を見出すが、それでは進歩がないからなあ」

「あちこち…行かれたんですね」

「ふらふらとね。だけど、太陽と月はいつでも上にあったよ」

　王子が指を差すのに、フロリアンは顔を上げないわけにはいかなかった。

　夜空には無数の星が散りばめられ、そこに月がぽっかりと浮かんでいる。

「やっと顔を上げたな」

　くすりとリュシアン王子が笑った。

「……ひ、人前で裸になることはないものですから。特に、グロリアはこちらよりも寒いので」

「温泉はないの?」

「あるのかもしれませんが、遠乗りのついでに湯に入るという発想はなかったです」

「国に帰ったら、探してごらん。そして、わたしがそちらの国に行くことがあったら、またこうして一緒に入ろう」

　湯けむりの向こうにある王子の笑顔が眩しくて、またフロリアンは俯いてしまった。

「話して欲しいんだ、フローラ王女はどういう方なのか。従者のお前は彼女の側にいることも多いだろうから、お前に聞くのが一番だと思ってさ……まあ、こんなふうに裸なんだ、ここだけの話というのも期待したいところだよ」

「フローラ王女と…ご結婚、されるんですか?」

「このまま話が進めば、そうなるだろうね」

「お嫌…なのでしょう？　ならば、お止めになった方が…――」

「二国の情勢を考えれば、どういう形であっても同盟は結んだ方がいい。結婚という形であれば、諸外国へのアピールも小さくないしな」

世継ぎの王子としての正しい判断である。

（何を言ったらいいんだろう……自分で自分のことを語るのって、難しいや）

考えてみれば、王子がグロリアの王女として会っているのはアデルの方だ。ならば、アデルについて語ってしまえばいいのだろうか。

「あ…あまり城から外に出られたことはないのですが、思慮深く、優しい人ですよ。刺繍が上手で、演劇や音楽を好まれます」

「うん、素直そうな人だとは思った。まだとても若い。わたしとは十歳ほど違うね」

「若くても、自分の運命を受け入れる覚悟はあるでしょう」

「立派な心懸けだが、そういうのは可哀想だな」

王子は首を左右に振り、呟くように言った。

「王の子供に生まれたら、国のために自分を捨てねばならないものだろうか」

「王子はそうされるのでしょう？」

「まだぐずぐずとしているがね……ああ、すべきことは分かっているよ。捨てるものの価値も、得るものの価値も」

「王女は若いから……まだ捨てるほどのものはないかもしれないです」

「だから、可哀想だと言うのだ」

フロリアンが意味を分かりかねて首を傾げると、リュシアン王子は二人の間の空間を詰めてきて、フロリアンの小さな頭を軽く撫でた。

顔を覗き込むようにして質問された。

「お前は王女についてくるのかい？　親兄弟や友人にもなかなか会えなくなってしまうのに？」

「そこは構いません。お寂しいのは王女でしょう。ずっとお側にいたのですから、許されるならば、この後も王女のお側に置いていただこうと思っております。肉親には手紙を書けばいいし、こちらでも友人は出来ましょう」

「そうか。うん…お前はよい子だ」

王子は頷き、フロリアンの額にキスした。

彼には年少の者を力づける以上の意味など何もないことだったのだろうが、フロリアンの心にはぽっと小さな火が点った。

（あぁ……リュシアン王子は見かけが素敵なだけじゃない）

しかし、王子は言うのだった。

「お前はフローラ王女が好きなのだね？」

「……………」

フロリアンは答えかねた。

（もしかして、恋愛感情で好きと思われちゃったのかな）

そうだと言えばそうだし、違うと言えば違う。

フロリアンは自分が男のままでいるならアデルを娶りたいと思うくらいに好いているが、身体が女性化したときの大きな感情を恋とするなら、アデルへの親愛は恋愛感情ではない。

それがはっきりと分かったのがこの旅だ。

その沈黙を何と思ったのか、リュシアン王子はふっと笑った。

「わたしが王女を娶ったら、フロリアン、お前に恨まれてしまいそうだな」

「そ…そんなことは！」

フロリアンは頭を振った。

「僕は王女の幸せを願うだけです。リュシアン王子が幸せにしてくださるなら、僕に何を言うことがありましょう」

「わたしは彼女を幸せに出来るだろうか」

「そ…そこは、努力していただかないと……ちゃんと…――って、失礼ながら」

「構わない、構わない」

年少の者に、リュシアン王子はあくまでも寛大だった。

「幸せがわたしの努力で与えられるものならそうしよう。しかし、恋し恋される気持ちは、努力で得られるものではないよ」

「王女に恋は出来ませんか？」

「まだなんとも言えないな。彼女はまだ一人の女性として見るには若すぎるからね……。わたしは自由に生きた時間が長かったからか、心を通わせる前に結婚話が進むこの状況が異常に思えて仕方がないんだよ」

「………」

王子が言うことは、王家の王女として薫育されたフロリアンには新鮮だった――小説にあるように、好きだと思ってから結婚に進むのが、やはり世間の道理なのだ。

王侯貴族の結婚には、沢山の思惑が入り込みすぎる。恋愛どころではないが、そういうものだと思わされてきた。

そして、そもそもグロリア国の王女は今現在女性ではないし、若すぎる。この美しく、賢いリュシアン王子とは釣り合いがよいとは言えない。

フロリアンが顔を曇らせると、リュシアン王子は励ますように言ってきた。

「恐らくこのまま両国間で結婚話は進むだろうが、わたしには考えがあるよ。お前は王女の側にいて、彼女が寂しくないように支え続けてくれるね？」

「それはもう」

フロリアンは頷いた。

「いい子だ」

王子はまたもやフロリアンの額に口づけした。

子供扱いされているのが分かっても、その親しい行為が嬉しくないわけはなかった。

温泉の湯気に優しく包まれ、ぼんやりと王子の考えとは何だろうと思った。

（結婚しないまま、婚約者としてアヴァロンに滞在するってこと？　それとも……ええーと、なんだろうな）

しばらくして、二頭の一角獣が連れ立って二人がいる温泉の際まで近づいてきた。

スイートブライアが首を伸ばし、フロリアンの首に鼻面を突き出した。

『アイザックは優しかったわ。あなたはどう？　まだ従者のふりをしているの？』

「だって、しょうがないよ」

『女の子になっちゃえばいいのに』

「あの変化は、僕が完全にコントロール出来るようなことじゃないんだよ」

『そうね、恋する気持ちはいきなりよね』

「いきなりだ」

フロリアンがスイートブライアの頭部を軽く叩きながらやりとりしている様子を前に、リュシアン王子が訊ねてきた。

「もしかして、お前は動物の言葉が分かるのかい？」

「いつもではないですけど……僕に対してなんらか

の働きかけをしてくる動物とは、会話になることが多いですよ。王子は違いますか？　アイザックとは話せるのでしょう？」

「いや、わたしにはそういう能力はないよ。実を言うと、アイザックと主従関係を結んでいるのはわたしの育ての親なんだ。彼女がわたしに従うようアイザックに頼んだのだと思う」

「そうだとしても、一角獣は相手を認めなければ背中には乗せてくれないと思いますよ。まして、戦いの場に一緒に出て行くことはないでしょう」

「そうだろうか？」

　王子が疑問を口にすると、それに応えるかのようにアイザックが小さく嘶いた。

「フロリアン、お前は魔法使いなのかい？　そうでなければ、修行途中の者だとか」

　フロリアンは首を左右に振った。

「昔、僕の家系に魔法使いの祝福を受けた人がいて、その魔法が今でも残っているのか、ときどき僕みたいな子供が生まれることがあるんです」

「動物の言葉が分かる愛らしい子供か」

「愛らしいかどうかは……――」

「長じて後は、王女に仕える美々しい騎士になるんだろうな」

「……なれればいいと思います」

　フロリアンが謙遜すると、滅多にないほどの美貌を誇る王子は青い瞳を閃かせた。

「わたしにはお前の未来が見えるようだよ。一角獣の背に乗り、王女の危機に馳せ参じる金髪の親衛隊長がね……精進することだ。お前がそうなれるよう、わたしも精一杯協力しよう」

フロリアンが王城の部屋に戻ったのは、明け方だった。

アデルは起きて待っていた。

「ああ、よかった。戻ってらしたわ……ご無事で何よりです」

「心配かけた？」

「そりゃもう…。書き置きくらいしてくださってもよかったと思いますわ」

「ごめん」

さすがに眠そうなアデルと一緒にベッドに潜り込み、それぞれどんな夜を過ごしたかを話した。

「思いがけないことに、舞踏会にはリュシアン王子がいらしたんですよ。わたしと一回踊った後、どちらかへ行ってしまわれましたが…――」

その後、アデルは王子の側近だというラウールと何度も踊ったと言う。

「ラウールさんと楽しい時間を過ごしました。飲み物を持ってきてくださったり、疲れたのもすぐに気づいてくださって……お優しい方ですわ」

「好きになっちゃった？」

「なりかけましたけど、あぁいう方の奥さまは夫が出かけるたびに心配になるでしょうね……とても女性の扱いに長けているから。もちろん、お仕えする王子のお相手を口説くような無分別な方ではなかったですよ」

アデルはふうっと溜息を吐いた。

そうやって自分の気持ちに踏ん切りをつけると、彼女はフロリアンがどこで何をしていたのか聞いてきた。

「僕はね、スイートブライアにりんごをあげようと馬屋まで行ったんだけど、ついでというか、なんというか、東の都イーサントまで遠乗りしてきちゃったんだ。そして、温泉に入ってきたよ」

「まあ！」

「案内してくれた人がいたけど、誰だと思う？」

「誰ですの？」

「リュシアン王子」

「まあ、まあ、まあ！」

アデルは驚きを隠さなかった。

「お二人で、素敵な夜を過ごされたのね」

「リュシアン王子は賢くて、素晴らしい人だと思うな。でも、彼は僕をフローラ王女の側近だと思っているからね……つまり、可愛い男の子だと」

「お身体…変わりませんでしたの？」

フロリアンは首を横に振った。

「変わったらどうしようかと思ったけど、大丈夫だった。僕はあまりあの方を好きにならないようにしなくっちゃ。結婚したくないって言ってたし、自分の相手としては若すぎると考えてるみたい」

「本人だと知らないから、胸のうちを話されたのでしょうが……そうだとしても、なんだか不愉快になりますわね」

「そう？」

きょとんとしていると、アデルはフロリアンの頬を撫でてきた。

「フロリアンさま、わたしが側にいますよ。いつもお側に」

フロリアンは笑おうとしたが、小さな微笑はすぐに崩れた。

「……僕、失恋したんだよね？」

アデルは否定も肯定もしなかった。

フロリアンは生来の自分として恋したのではないから、恋とカウントしなくてもいい。失恋も認めなくてもいいはずだった。

　しかし、胸の痛みは事実としてある。

「恋って切ないものですね」

　アデルは呟いたが、彼女のラウールへの仄かな想いもカウントされない恋なのだ。

「僕が普通じゃないから……アデルにも、迷惑をかけちゃうね」

「いいえ、いいえ」

　アデルは頭を振った。

「普通じゃないなんて……そんなこと、フロリアンさまは何も気に病むことはありません。フロリアンさまはフロリアンさまですわ」

「僕を本当に分かってくれるのはアデルだけだね。いつも…いつも側にいてくれてありがとう」

「お父様もお母様もフロリアンさまを愛していらっしゃいますよ？　忘れてはいけません」

「うん、それは分かってるよ」

　涙ぐんだそっくりな二人は手をしっかりと繋ぎ、お互いの温もりに慰められながら濡れた瞳をゆっくりと閉じたのだった。

　蕾のままで、薔薇も百合も恋をしたが、まだ春先、どちらも花開くには早かったのだろう。

2. 薔薇の嫁入り

夏が過ぎ、穀類の黄金色の実りが畑を覆う頃、アヴァロン王国王子とグロリア王国王女の結婚式が行われることになった。

山脈の細道をいっぱいに埋め、花嫁行列がアヴァロン帝国に向けてしずしずと進んでいく。

第一王子のフレゼリクを王都に残し、第二王子ヨアキムを東の山脈の守りに置いて、グロリア王と王妃も結婚式に参列すべく馬車の中にあった。

「あなた、フロリ…フローラは大丈夫でしょうか。も…もし、不手際があれば、アヴァロンとの平和連携も崩れてしまいましょう」

アヴァロンに近づくにつれ、王妃の薔薇色の頬から色が失われていく……。

王は王妃の手をぎゅっと握った上で、口づけた。

「過去の王女たちはみな上手くいったのだ。あれは偉大な魔法使いの贈り物なのだよ。それを頼みに、わたしたちは信じるしかない。もしものときは、アデルが上手くやってくれるだろう。初夜が無事に済まなければ、わたしは平身低頭、アヴァロン王に申し開きをせねばならない。そのための同行だ。幸い、アヴァロンには眠りに就いていない魔法使いがいると聞く。かの者に、古い魔法について説明してくれるように頼めるかもしれない。あるいは魔法を解いて貰えるかもしれない」

「そ…そうですわね、わたくしはただ祈っていましょう。わたくしが産んだのは、確かに可愛らしい女の子だったのですから」

フローラ王女の輿入れは、アヴァロン王からの強い希望による。

春に訪ねてきたグロリア国の愛らしい王女が気に

入り、ぜひ世継ぎのリュシアン王子の妃にとの申し入れがあった。

アヴァロンはグロリアの四倍もの国土を誇る大国であるが、古来よりグロリア王家を格下に扱うことなく、比較的対等なつき合いが続いていた。

しかしながら、アヴァロンの方が明らかに国力は上であり、災害や戦争への備えも厚く、近年のグロリアは助けられるばかりである。

アヴァロン王の意向に逆らうことは出来ない。

末娘はまだ成人に達していないとして、当初グロリア王は婚儀を数年先に伸ばせないかと考えたが、折悪しく、東のゴルマン帝国に不穏な動きが見られるようになった。

武器を買い集めているというのだ。

それを知っては、もう悠長に構えてはいられない。早急に、アヴァロンとグロリアは結びつきをより堅固にせねばならなかった。外国にそれを知らしめるために、結婚は格好のプロパガンダだ。

別の馬車では、当事者である王女と侍女として付き添うことになった伯爵令嬢アデルが不安そうに揺られていた。

王女らしくフロリアンはドレスを着て、髪もきれいに結い上げているが、爪を噛むのを止められない。

その手をやんわりと握り、アデルは言った。

「大丈夫ですわ、フロリアンさま。あなたはまたリュシアン王子に恋をするでしょうよ。あれだけ素敵な方はなかなかいませんもの」

「……今度こそ身体がちゃんと変わるかな？」

「変わりますわ」

アデルは言い切る。

しかし、フロリアンはアデルに頷くことが出来なかった。

なぜそう言い切ることが出来るのだろう。

過去の王女たちの例があるとはいえ、これほど長きに渡って受け継がれてきた魔法が変質するということはないのだろうか。

この結婚に失敗すれば、故国が危うい状況に立たされるのは分かっているが、どうにも自信が持てない。

記憶にある限りでは女性に三度変わったが、三度とも数時間のことだった。いずれも戸惑いが大きく、ずっとこのままでいたいとは思わなかった。

身体が変わったとして、果たして自分は女性として生きることが出来るのだろうか。

「もし、そのときまでに変わっていなかったら？」

そのとき…――とは、リュシアン王子が寝室を訪れ、肉体的に結婚に至るときのことである。

「わたしがいます。フロリアンさまがリュシアン王子を少しお止めしている間、すり替わればよろしいのですよ」

「そんな…アデルだって、そういう経験はないのに……」

「大丈夫、わたしは覚悟してますから」

「怖くないの？」

「怖くない、と言ったら嘘になりますが、初めての相手として王子は望むべくもない相手でしょう。もちろん経験はおありでしょうし、王女として扱っていただけるのです。無慈悲なことはされますまい」

「ア…アデルッ」

堪らず、フロリアンはアデルに抱きついた。

けなげなアデルを愛おしいと思うと同時に、自分が情けなくて泣けてきた。

「ごめんね、アデル……ごめん。アデルは僕よりも勇気があるね」

「フロリアンさま」

アデルが髪を撫でてくれる。

そして、フロリアンが顔を上げたタイミングで、唇にちゅっとキスしてくれた。

「あ」

ファーストキスに涙が止まった。

涙の粒が引っかかった睫毛の向こうで、アデルがはにかんでいた。

「……わたしの気持ちです。誰よりもフロリアンさまが好きですよ」

「僕、アデルを絶対に不幸にはしないよ」

フロリアンは誓った。

そう心に誓いを刻みながら、今はスカートに隠されている足の付け根を意識していた——少年の証(あかし)であるそれが密かに脈動し、熱を持ち、堅くなりかけていた。

(……アデルを僕のものにしていればよかったのかもしれない)

少年の身体はまだ未成熟で、そこまでの発想には至らなかった。

フロリアンが密かに抱いた邪(よこしま)な想いを知らず、アデルは清らかに微笑んでいた。

「ずっと一緒にいましょうね」

頷きながら、フロリアンは思った——ここにスイートブライアを呼び出し、その背に乗ってアデルとどこか遠いところへ行きたい、と。

革命に揺れる西の国なら、その騒動に紛れて暮らせるのかもしれない……。

しかし、それは一国の王女として生まれた身では出来ないことだ。王族として、自国の民はなんとしてでも守らねばならない。

民あっての国、国あっての王、王族である。

（ここまできたんだ、逃げるわけにはいかない）

勇敢なアデルを前にフロリアンは弱気を払い、王族としての誇りを身に纏った。

（僕はアヴァロンの世継ぎの妃となり、グロリアを守ってみせる。そのために、アデルと共に最善を尽くそう）

＊

グロリア国からの花嫁一行はアヴァロンの人々に温かく迎えられた。

拍手と歓声の中を王城に入ると、明日の結婚式に備えて旅の疲れを癒せるようにと特別に用意された客室へと案内された。

そして、夜は両親と花嫁の最後の晩餐だった。

フロリアンはアデルを一緒を連れてダイニングに現れたが、王も王妃もアデルが国王一家の一員としてテーブルにつくのを当然のこととして受け入れてくれた。

フロリアンと間違われないよう、アヴァロンに入ってからアデルは茶色い髪のかつらを使用していた。

ドレスは同じものではなかったが、フロリアンとアデルは顔立ちの似通った姉妹に見えた。

「先ほど、リュシアン王子が挨拶に来られたよ。立派な青年で安心した。お前のことを可愛らしいと言っておられたよ」

国王が言い、王妃が続けた。

「黒い髪に青い瞳が映えて……美しい男性ね。女が一目で恋をするのに何の不都合もないわ。大丈夫、あなたは女性になれるわよ。彼を信じて、この国に仕えるのですよ」

頷く以外、フロリアンに何が出来ただろう。

不安で仕方がなかったが、両親を心配させるのは望まなかった。

「本当にアデルはこちらで暮らしてくれるの？」

「はい、王妃さま。ずっとフロリ…いえ、フローラさまのお側にいさせていただくつもりです。何があってもお守りいたしますから」

「ありがとう…ああ、ありがとうね。あなたの幸せも祈っていますよ」

アヴァロン王妃が手配したという食事は美味しく、穏やかに時間が過ぎた。

幼い娘を外国に嫁す心痛か、グロリア王は少しワインを飲みすぎたかもしれなかった。

食事の後、フロリアンは両親と抱き合い、またアデルと一緒に自室に戻った。

明日の結婚式のためにすることがある。

湯に入り、髪を洗わねばならない。髪を巻いたら、肌の手入れも。

アデルは結婚式のためのドレスとヴェールを箱から出して、湯気を当てて皺を伸ばしたり、アクセサリーを確認したり、靴を磨いたり……夜半過ぎまですることがあった。

朝の目覚めはノックからだった。

王城の使用人たちがリュシアン王子からの花を持ってやってきて、寝室のベッド周りを飾り付けていった。

（……ここで初夜を過ごすんだ）

一気に結婚するということが具体的になり、フロリアンは内心で狼狽えた。

「フロリアンさま？」

アデルを抱き締めることで落ち着こうとする。

（ど…どうなっちゃうんだろう）

リュシアン王子と東の都で過ごした一夜を思い出

し、ほんの少しだけ甘い気持ちが込み上げた――王子を意識したとき、身体の輪郭が緩む感じがしたのを覚えている。

あの感覚がまた兆せば問題はない。

有り難いことに、全く知らない人間と結婚するわけではないのだ。

とはいえ、彼と親しくなったのは王女の従者であるフロリアンであり、王子からはもっぱら義務で結婚をするつもりだと聞かされた。

リュシアン王子に身体が反応して女性になれたとしても、幸せな妃になれるとは思えなかった。

「ああ」

思わず唇から零れ出た自身の呻(うめ)きに、フロリアンは絶望の響きを聞いてしまった。

それでも、午前十一時には全ての準備を終え、夫婦の誓いをするために教会へ行くのだ。


「フロリアンさま、わたしがお側にいますから。お式の間だけ少し離れますけど、その後はずっと一緒ですよ」

「……うん、そうだね」

少年の身体に詰め物を入れた下着を着け、どうにか女らしい身体を繕うと、他の使用人を呼んで結婚式のための身仕舞いを整えた。

白薔薇のモチーフに飾られた光沢のある真っ白なドレスを着て、結い上げた頭に宝石を散りばめた繊細なティアラ、霞(かすみ)のようなヴェールを被せられる。

「まあ、なんて愛らしい……」

「おきれいですよ」

「これほど美しい花嫁を見たのは初めてです」

使用人たちは溜息混じりに口々に褒めそやすが、フロリアンは鏡の中に映った花嫁姿の自分を自分自身として認識するのが難しかった。

（これは誰だ？）

　こんな自分は知らない。

　美しいとは思うが、この美しさに意味はあるのだろうか。意味――リュシアン王子に好きになって貰うこと。

　母であるイザベラ王妃が訪ねてきた。

　手に持つブーケはリュシアン王子からも届いていたが、淡いピンク色の薔薇を渡された。

「あ、お母さまの薔薇だ」

「フローラ、笑って……あなたはきっと幸せになれるでしょう。わたくしはずっと祈っていますよ」

　歪な笑いしか出来なかったが、母がくれたブーケの香りに包まれるのは悪くなかった。

　鏡に写っていた白い亡霊のような姿が、その淡いピンクのお陰でだいぶ人間らしく見えるようになった。

　花嫁が悲壮感たっぷりな顔をしていてはいけない。

（……大丈夫、なるようになるさ）

　側にはアデルがいるし、母も祈ってくれている。くよくよするのは自分らしくない。腹を括ろう。

「お茶をご用意いたしましたよ」

　栗色のかつらをつけたアデルが給仕をしてくれ、母子は最後の一時を持った。

　華奢なティーテーブルに、香りのよい紅茶と甘い焼き菓子が並んだ。

　王妃は言った。

「赤ん坊のあなたが男の子に変わったとき、お父さまは吉兆だとおっしゃったわ……魔法使いの祝福を身に受けた王女は必ず幸せな結婚をし、母国に幸運をもたらしてきたそうなの。でも、わたしは不安で仕方がなかったし、あなたをどう育てたらいいのかいつも迷っていました」

「……」

「あなたは女の子らしくはないけれど、健康だし、どこか凛とした魅力があるわ。美しいと思う。リュシアン王子と協力して、この国の妃として立派に役目を果たすのですよ」

母は出産後からずっとつきまとってきた娘の性別の不安をすでに克服し、今度は娘が一国の妃となる心配に移ったようだった。

白い婚礼のためのドレスを纏っていてもフロリアンの身体は男のままなのに、どうして彼女が不安を払拭出来たのかは分からない。

頷く以外にすることはなかった。

最後の抱擁の後、母は耳元で素早く囁いた。

「どうしてもままならないときは、あなたのユニコーンに乗ってグロリアに戻っていらっしゃい。わたしはあなたと運命を共にします」

「お、お母さま」

淡いピンクの薔薇のような笑みを浮かべた彼女は、一国の王妃というよりも母親そのものだった。

言外に、母はお前と共に死ぬ覚悟だと告げていた。

（ああ、お母さま）

ただ母のためだけにフロリアンは微笑み、小声ながらも言った。

「……僕は大丈夫です」

＊＊＊

アヴァロン国北の都ノストラの権威ある古い聖堂で、アヴァロン国リュシアン王太子とグロリア国フローラ王女の結婚式が行われた。

ヴェールを被ってすぐ隣にいるせいか、花嫁は花婿とは目を合わせるどころか、まともに顔も合わせ

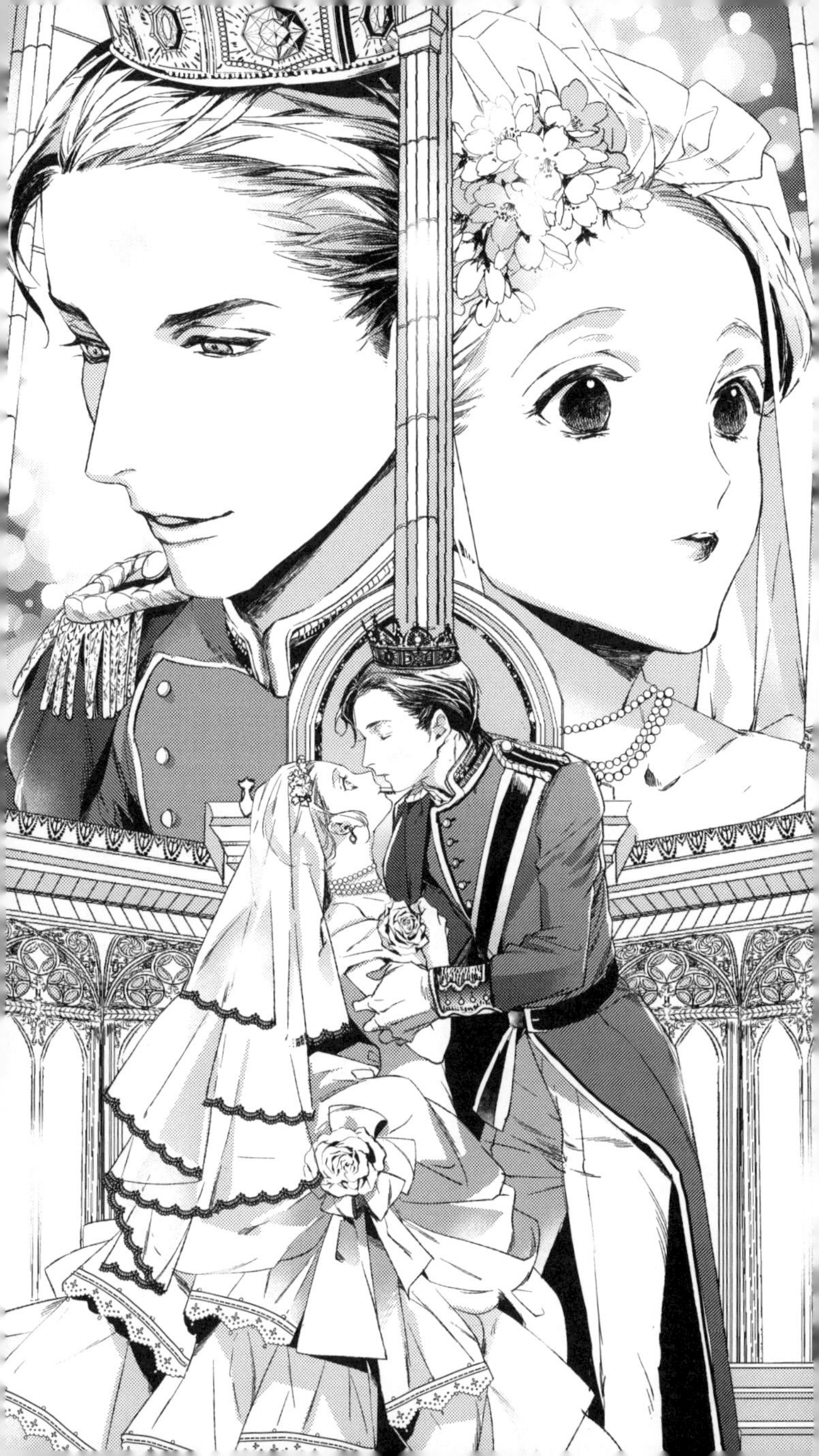

られないでいた。

ずらりと並んだ神官のうち、リュシアンのすぐ上の兄王子だったというヴァシリオス神父の方がよく見えたくらいだった。

それでも、滞りなく誓いの儀式は進み、宣誓の後は上級神官に口づけを促された。

身体の向きを変えたとき、春の訪国以来初めてフロリアンはリュシアン王子の全身を目にした。

銀の婚礼衣装に身を包み、仄かな笑みを浮かべた顔がそこにあった。艶やかな黒髪に額飾りはしておらず、その代わりに金の冠を頭に載せていた。

鮮やかな剣さばき、果敢に一角獣を乗りこなす勇猛さはすでに目にしていたが、今日の王子はひたすら上品で知的な雰囲気を纏っていた。

（あぁ、この人は……――）

いついかなるときも、場に相応しい形で、対峙する者を虜にしてのける力がある。

花婿に相応しい佇まいで、彼はフロリアンのヴェールをそっと持ち上げた。

視線がまともに合った。

リュシアン王子の瞳はサファイヤのように目映かったが、フロリアンは目を逸らさなかった。

「ほう…これは一段とお美しい、フローラ王女」

呟いた口元は少し皮肉な形だったが、その褒め言葉に心は甘く震えた。

この王子に恋をしない乙女がいるだろうか。

瞬きを忘れていた瞳が潤んできたとき、平らな胸が高鳴り出した。

肉体が脆く崩れるような錯覚に耐えながら、王子が屈み込んでくるのを待つ。

秀麗な顔が近づいてくるのに、フロリアンはうっとりと瞼を目を閉じた。

「……失礼」

微かな呟きを呼吸として受けたとき、もうすでにリュシアン王子は顔を上げていた。

（え？）

唇は、重ならなかった——そう、誓いの口づけはなされなかったのである。

（ど…どうして？）

顔には出さなかったが、フロリアンは心の中で著しく混乱していた。

ぼんやりして感触を逃してしまったのかと思うも、そんなことはない。

容赦なく、その間も式はするすると進んだ。

最後はリュシアン王子に抱き上げられ、幌を外した馬車に乗せられた。

「お、おお！」

すらりと麗しい王子が愛らしい花嫁を抱き上げる逞しさを見せたのに人々は感嘆の声を上げたが、当のフロリアンは虚しくリュシアン王子の香水の匂いを嗅いだだけだった。

王城に戻る道すがら、新婚の王太子夫妻は民衆の歓声に応えねばならなかった。

夫となった王子に肩を抱かれつつも、フロリアンは笑うような心境ではない。

「さあ、笑って。少しでいいから」

王子が囁いた。

「国民に微笑みかけるのが、この国の王太子妃になったあなたの義務だ」

さすがにカッとなってリュシアン王子を振り向こうとしたとき、やんわり胸に抱き寄せられてしまった。

どよめきが上がる。

ハンサムな世継ぎの王子が他国から来た若い妃を

愛おしむ様子に、自分たちと同じだと民衆は喜んだのである。

　王子はすべきことをした。

　ならば、フロリアンもそうしてみせねばならない。

「……義務は果たします」

　王家に生まれた者として、どんな気分のときも笑みで民衆に応えることは出来る。

　相変わらずにこやかに民衆に手を振りながら、リュシアン王子はフロリアンにまた言った。

「さすが王家でお育ちの方だ、よく分かっていらっしゃるな」

　その口元に浮かぶ他人を馬鹿にしたような笑みが癪（しゃく）に障ったものの、フロリアンはそれをぐっと抑え込んだ。

（そうだよ、僕はグロリア王国の白薔薇と称されたフローラ王女だ）

　見るがいい。

　雄々しく自分を鼓舞すると、フロリアンは慶事に湧（わ）くアヴァロンの民衆に極上の笑みを浮かべた上でひらひらと優雅に手を振った。

＊

　王城に戻ってから、両王家の顔合わせを兼ねた昼食会、夕方からは王侯貴族と諸外国からの賓客を前にした盛大な披露宴が行われた。

　披露宴はそのまま舞踏会に移行し、朝まで続く。

　新婚夫婦は途中退席を許され、初夜を迎えることになる。

　席を立つのは同時でも、新郎は親戚や友人にからかわれ、いじられ、なかなか会場から出られないのは市井（しせい）も王城も変わらない。

その間に新婦は身仕舞いを整え、夫がやってくるのを待つのだ。

フロリアンが部屋に戻ると、飾りの花は増え、寝具は新たに整えられていた。テーブルには華やかに盛りつけられた菓子と果物、そしてワイン。

灯り（あか）はキャンドルのみだ。

アデルは先に部屋に戻っていた。

すでに入浴し、髪を垂らし、甘い雰囲気の寝間着を着ている。

これと同じ格好をして、フロリアンは夫を待つことになる。

そして、どうしようもないとなったときは彼の動きを一時制止し、ベッド下に控えるアデルと素早く交替する段取りだ。

「お疲れさまでした、フロリアンさま。浴槽に湯が張ってありますよ」

優しくアデルに迎えられ、フロリアンの目からじわりと涙が溢（あふ）れ出た。

「どうなさいました？」

リュシアンが誓いの口づけをしなかったことは、アデルにもまだ言っていない――誰も気づかなかったと思う。

なぜ口づけがなかったのか。

理由が分からず、フロリアンは戸惑ったままだった。

（……王子は結婚するつもりはないと言っていたんだ）

外交上、結婚を拒否することが出来なかったとしても、外国からわざわざやってきた妃に誓いの口づけをしないという嫌がらせをするような人とは思わなかった――少なくとも、一角獣を並べて共に走ったかの人は。

主導権は自分のほうにあると知らしめたつもりなら、リュシアン王子はとても心根の小さな男ということになる。

フロリアンは恥を感じさせられた。それ以上に、ひどく心を傷つけられた。

結婚式の場で。

「アデル……ああ、アデル」

フロリアンは少しだけ泣いた。

もちろん、長時間人目に晒されていた疲労もないではない。

初夜への不安も大きい。

口づけすらしない冷ややかな関係のまま、夫婦の契りを結ぶことになるのだろうか。

望まない結婚相手には、子を産ませることしか望んでいないのかもしれない、世継ぎの王子としての義務で。


こんな気持ちで、身体が女性に変化するわけはなかった。

アデルがハンカチを渡してくれた。

それを目に押し当てながら、フロリアンはついに弱音を吐いてしまった。

「……ぼ、僕はダメだ。身体の変化はきっとない」

口にしてから、気づいた――ならば、アデルが王子の相手をしなければならなくなる。

好きでもない相手と……結婚したわけでもないのに、身体の関係を持つことになってしまうのだ。

そんなことはさせたくない。させられない。

しかし、アデルは落ち着いていた。

「さ、お湯に入って準備いたしましょう」

フロリアンの気持ちを推し量り、あくまでも気丈に振る舞ってくれている。

「大丈夫ですよ。お母さまがおっしゃいましたよね、あなたは偉大な魔法使いの祝福を受けたのだ、と」

身体を洗い、寝間着に着替えた。

肌にもすり込んだ香油を用いて髪を念入りに梳かし、花嫁の夜化粧をする。

アデルが香を焚いた。

甘いが、どこか扇情的な香りが漂う。

これも初夜のためのものかと問うと、アデルが答えた。

「ラウールさんからのお届け物ですよ。東の大陸のとある国で、夫婦の特別な夜に焚く香らしいんです。うっとりしちゃうような芳香ですよね」

一通りの身仕舞いが整うと、フロリアンとアデルは寝台に並んで座った。

最後の打ち合わせをしなければならない。

震えているフロリアンの手を握り、アデルが言った。

「フロリアンさまはご自分のことだからお分かりではないようですが、あなたはとても魅力的ですよ。子供と大人の中間で、しかも性別が曖昧だから、なんとも不思議な雰囲気がおありになる。夢中になる人間は少なくないはず。舅となるアヴァロン王でさえ、あなたを見る目は違いましたよ」

「ま…まさか、そんな」

「まさかじゃありません。他の男のものにするくらいなら、自分の息子に娶らせたいと考えられたに違いありません」

怯えないで、とアデルは続けた。

「あなたは王女に生まれ、一国の妃になったんですよ。ここまで高貴な美しい女性は、夫を跪かせるつもりでいてもおかしくないんです」

「出来ないよ、僕……怖いんだもの。今は身体が変化しないことに焦っているけど、変わったら変わったで、その身体に慣れてもいないのに、すぐに夫婦の行為をしなければならないんだ」

「少なくとも、フロリアンさまはリュシアン王子をお嫌いじゃないのでしょう？」

こくりと頷く――男でいることが長かった身体が一度は女になり、何度か変化しかかったのは彼に惹かれたからだった。

それなのに、誓いのキスをして貰えなかった。

戸惑い、傷つき、怒って……そして、今は不安で仕方がない。

「大丈夫、落ち着きましょ……――さあ、息を大きく吸って、吐いて……」

フロリアンはアデルに従った。

「もう一度」

特別な香が甘く融(と)けた空気を吸うと、胃が温かくなってきた。

不安が少し減った気がした。

フロリアンは自分からもう一度深呼吸した。

脳に届いた甘い香りは、ワインを飲んだときに似た思考の曖昧さをもたらした。同時に、人恋しいような気分も。

「……リュシアン王子、そろそろ来るかな」

扉の方を見る。

「どうでしょう」

「すごくからかってる人たちがいたんだよ。あのリュシアン王子が声を立てて笑ってた」

「留学なさっていた頃のお友だちでしょうか。ファンドランド国の方からもお客さまがいらしたようですけど」

とりとめもなく話しているうち、いよいよ香に酔ってきたフロリアンはアデルの肩に寄り掛かった。

「なんだかすごく気怠い気分」

「目が潤んできましたね」

「これ、香のせいでしょ。アデルは平気なの？」

「同じ部屋にいるなら飲んでおいた方がいいと、ラウールさんにお薬をいただいたのです」

「ふうん」

扉を二度叩く音がして、ついにリュシアン王子がやってきたのが分かった。

アデルは急いでベッドをレースのカーテンで覆うと、自分は寝台の下に隠れた。

「どうぞ」

フロリアンが入室許可を口にすると、ガウン姿の王子が入ってきた。

薄暗がりの中、そのすらりとした姿が浮かび上がって見える。

顔の表情は判別出来ないが、フロリアンの胸は高鳴り出した。

「……お待ちしておりました」

ベッドの上に横座りし、新妻らしくカーテンの中から挨拶する。

彼は言った。

「明日からはわたしを待たなくてもいいですよ」

先に寝ていてもいいという意味なら、思いやり深いことである。

香に酔わされ、フロリアンは今ひどく楽天的な気分になっていた。

（誓いのキスをしなかったのは、大勢の人の前で口づけをするのが嫌だっただけかもね。そういう古風な人って嫌いじゃない…な）

うっとりした気分で、リュシアン王子がカーテンを開けるのを待つ。

「今夜だけは、あなたにおやすみの挨拶をすべきだと思いましてね…」

そう前置きしてから、王子はレースのカーテンをひらりと捲った。

新婚の二人は顔を合わせた。

洗ったばかりらしい艶のある黒髪に端麗な顔立ちの夫を目にし、新妻はその魅力に胸をときめかせずにはいられなかった。

ハッとするほど青い瞳に見つめられ、あの感覚がもうじき訪れるのを確信した。

この人の妻になるのだ……！

(僕は心配しすぎてたよ。そのときになったら、身体はちゃんと変化するんだ。そういう魔法にかかっているんだから)

ともかくも、目が合ったことだけでも嬉しくて、フロリアンはそうしようと思う間もなく微笑んだ
――それが大抵の男にどんな効果をもたらすかも知らないで……。

あぁと呻いて、リュシアン王子がぎこちなく目を逸らした。

「悪い子ですね。まだ幼いくらいなのに、大人の男を絡め取ろうとするなんて……」

フロリアンがきょとんとしていると、王子が苦笑いした。

「ああ、この妙な空気のせいか」

「特別なお香だそうですが、気に入りませんか？」

リュシアン王子は首を左右に振った。

そして、軽く咳払いする。

「さあ、わたしは自室に戻りますよ。今日はお疲れでしょう、あなたも早く休まれるように」

おやすみなさい、とカーテンを降ろされてしまった。

　そのまま立ち去ってしまいそうな夫に、フロリアンは慌てて言った。

「あ、あの…わたくしたち、結婚しましたよね？」

「わたしはあなたと同衾（どうきん）するつもりはありません」

　リュシアン王子は冷ややかに言った。

「結婚するには、あなたはまだ若すぎますよ」

「………」

「三年…いや、五年で周辺諸国の不穏な空気を一掃させ、あなたをグロリアにお返しすることを約束しましょう。そのときになってもあなたはまだとても若いだろうし、今以上に美しくなっておられるはず。次こそは本当に好きな男と幸福な結婚をなさったらいい」

　一方的に言われ、フロリアンはただ戸惑うばかりだった。

　やっとの思いで問いかけた。

「……わたしをお嫌いですか？」

「好き嫌い以前ですよ。何度かお会いしただけで、あなたのことは何も知らない。あなただってそうでしょう？　でも、そうですね……わたしにはずっと好きな人がいる」

「あ…そ、そうですか」

　背中に冷や水をかけられたようだった。

　初夜を迎える新妻らしい華やいだ気持ちは跡形もなく消え去った。

　もうフロリアンには追い縋（すが）る気もなかったが、リユシアン王子はさらに付け足した。

「五年経（た）って故国に帰ったときには、わたしをいかように詰（なじ）ってくださっても構いませんよ。そう、男として役立たずだった…とかね」

「………」

「おやすみなさい、フローラ」

そして、彼は初夜を迎えるはずだった部屋を出て行った。

天蓋付きの広いベッドに一人残され、フロリアンは茫然としていた。

泣きも喚きもしなかった。

我が身に起きたことが信じられなかったのである。

政略結婚とはいえ、それなりに幸せな花嫁になるつもりだった——リュシアン王子を好ましく思っていたからだ。

少年のままの身体に心配はあったが、一度は変化したし、その後も何度か変化の予兆を感じた。初夜に間に合わなかった場合には、代役を立てて上手くやりすごすはずだったのだ。

「ど、どうして……？」

虚しく呟く。

香が上手く作用して、身体の変化はすぐにでも起こりそうだった。後は覚悟を決めて、年上の夫に身を委ねればよかったのではなかったか。

ベッドの下からアデルが這い出してきた。彼女は全てを聞いていた。

傍らに座り、フロリアンの手を取った。

「……ああ、なんて冷たいの」

握り締め、その手の甲に唇を押し当てる——何度も。そう、何度も。

フロリアンはそんなアデルになかなか気づかなかったが、気づいた途端にくしゃくしゃに顔を歪めた。

「アデルッ」

抱きついた途端、泣き出したのはアデルのほうだった。

「こ、こんな結婚って……酷いわ。酷すぎる。望まれての結婚だと思ったのに、あぁフロリアンさまが可哀想。明日の朝一番にご両親に報告して、アヴァロン王にお会いしましょう。リュシアン王子のなさりようを話せば、グロリアに帰っても非難されるいわれはないはずですわ」

彼女に泣かれて、フロリアンはかえって冷静になった。

大きく息を吐いてから、きっぱりと言った。

「グロリアには戻らないよ。お父さまやお母さまにも今夜のことを知らせるつもりはない」

グロリア国はアヴァロン国に守って貰わなければならない立場である。

東で不穏な動きをしているゴルマン帝国に睨(にら)みをきかせるためには、二国は繋がっていなければならない。

「ではリュシアン王子の名ばかりの妃に？」

そんなことはさせられない、とアデルはいやいやする。

今にも部屋を飛び出して、グロリア王と王妃に知らせにいきそうな彼女の腕をフロリアンは強く捕まえた。

「アデル、聞いて！　王女に生まれた僕だから、アヴァロンの妃になってみせることが出来るんだよ。この結婚のお陰でグロリア国を守れるなら、僕は名ばかりの妃になっていようと思う」

「ダメですっ」

アデルは悲鳴に近い声で叫んだ。

「結婚は幸せになるためにするもの。王女に生まれたからって、犠牲になってはいけませんわ」

「犠牲なんて大層なものじゃない、五年という期限があるんだから。王子は約束してくれたよ？　五年で国に帰してくれるって」

「期限とか、時間とかの問題じゃありませんっ。その約束だって、守って貰えるかどうか……ああ、悔しいこと！　許せないわ、わたしはリュシアン王子を絶対に許せません。わたしの大事な可愛らしいフロリアンさまを、よくも…よくも踏み躙ってくれたわ。これを告発しないでいられましょうかっ」

普段の彼女からは信じられないほどの力で、アデルはフロリアンを振り切った。

大股で扉に向かう。

追いかけるも振り払われて、仕方なくフロリアンは能力を使った――目に力を入れ、アデルの動きを止めてしまったのだ。

等身大の人形のようになった彼女をくるりと回して扉に背を向けさせると、ささやかな魔法が解ける前に、果物ボウルに添えてあったナイフで波打つ自分の金髪を切り落とした。

ままよとばかりに、惜しげもなく。

十五秒後、制止が解けたアデルはそれを目にし、目と口を真ん丸に開いて絶句した。

「フ、フロリアンさま……ど、ど…どうして？　これでは罪人のようですわ」

この西の大陸のほとんどの国では、女性の短髪は罪人と見なされる。

古来より、牢に入れるまでもない犯罪の場合は、髪を短く切るのが罰だった。必ず後ろ指を差されることになるので、罪を犯した者は髪が伸びるまで戸外に出ることはない。

特に女性の短髪は不名誉転じて不吉とされ、徹底的に避けられるのが習いである。

今やフロリアンの髪は、耳を完全に隠せないほど短い。

一般的に、王侯貴族は男性でも長髪だ。

ここまで短い髪型は、軍に入り立ての新兵くらいなものである。

フロリアンは言った。

「髪が伸びるまで、僕はグロリアには帰れない。お父さまやお母さまにもお会い出来ない」

「……」

「髪が伸びても、僕は男でいようと思うよ。もう身体の変化は望まない」

フロリアンの決意を聞いて、アデルの青味がかった緑色の瞳が涙でいっぱいになった。

「……ああ、フロリアンさま」

「朝になったら、アデルはお父さまとお母さまのところへ行って、フロリアンは初夜の疲れで起き上がれないとお伝えしてきておくれ。三日後のご出立の際にも同じように……お見送りが出来ないのをすまながっていた、と。そして、悪いけど、しばらくフローラ妃の役をして欲しいんだ」

「ほ…本当に、フロリアンさまはこの国に留まるおつもりなのですね……？」

「だって、僕は王家に生まれた子供だから」

国を守らねばならない。

「分かりました」

もはやアデルは全てを飲み込むしかない。

「ごめんね、アデル。僕はアデルの人生を波瀾万丈（はらんばんじょう）にしてしまったね」

いいえ、とアデルは首を横に振った。

「わたしの人生はフロリアンさまによって開かれたのです。フロリアンさまに姿形が似ていなかったら、わたしは伯爵家の日陰者として一生を送るしかありませんでした。だから、わたしの人生はフロリアンさまのものです。それなのに……――」

アデルはしゃがみ込み、絨毯（じゅうたん）の上に散らばった金髪を拾い集めた。

「わたしが感情的になってしまったから、フロリアンさまにこんなことを……ダメですね、わたしは考えなしでした」

「そんなことはないよ。アデルが悪いなんてことはないんだ」

「……」

「見て、頭が軽い。気持ちも軽くなった感じがする。僕は僕のままでいられるよ」

フロリアンが笑ってみせると、アデルは笑い返したものの、またすぐにめそめそと泣き出した――おいたわしすぎる、と。

＊＊＊

フロリアンの両親であるグロリア国王と王妃はほんの数日アヴァロンに滞在しただけで、また険しい山々を越えて本国に戻っていった。

娘が見送りにも現れないのを残念がりつつも、馴れない身体に王子を受け入れた負担はさぞかしと思いやり、一緒に残るアデルにくれぐれも…と頼んで馬車に乗り込んだ両親だった。

娘婿となったリュシアン王子が自ら憲兵隊を率いて、グロリア国王一行を山道の途中まで送った。

実を言うと、フロリアンもその近くにいた。

一角獣のスイートブライアに乗って、崖の上から両親の馬車が行くのを見送ったのだ。

「五年経ったら、また……お父さま、お母さま、それまでどうかお元気で」

敏捷な一角獣の能力に任せ、帰りはわざと道のないところを下った。

スイートブライアは冬に生まれる仔を身に宿しており、フロリアンは無理をさせたくないが、当の彼女が好んで走りたがるのである。

北方にあるグロリアに較べるとアヴァロンの山のほうが木々が密に生え、空気が濃い。スイートブライアによれば、下生えのたっぷり水分を含んだ草木が美味（うま）いという。

彼女が気に入りの草を見つけたところで一休みすることになった。

フロリアンはその背から降り、大きな木に寄り掛かった。降り注ぐ木漏れ日に空を見上げ、雲の流れを目で追う――天気の崩れの前兆はない。

安心してオカリナを取り出した。

既成の曲を吹かずに、頭に浮かんだメロディをなぞっていく。

王女としてのプライド、アデルへの信頼、帰っていく両親への思い、故国を懐かしむ気持ち……それらよりももっと単純な、怒り、悔しさ、悲しみ、虚しさを込めるも、ころんとしたオカリナが奏でる音は丸い。

『あら、彼が来たわ！』

スイートブライアの声が頭に響き、フロリアンはオカリナから口を放した。

木々の間から一頭の一角獣が現れた。

青味を帯びた身体はアイザックである。

二頭はそれぞれ嘶いて、再会の喜びを表現した。

アイザックがスイートブライアに近づいていくのに、後ろに乗っていたリュシアン王子が飛び降りた。

「やあ、フロリアン」

王子はこんなところで会うなんて…と笑いかけてきた。

その屈託のない笑みにフロリアンの胸は痛んだが、もちろん顔には出さない。

「お久しぶりです」

少しも久しぶりではない。

三日前の夜中に寝室で会い、同衾するつもりはないと言い放った夫である。

押し寄せる感情を堪え、フロリアンは言った。

「ご結婚おめでとうございます、リュシアン王子」

「ああ、ありがとう」

リュシアン王子は礼を返したが、公的な場ではないせいか、気まずさを隠しきれていないようだった。

思わず目を逸らした王子に、フロリアンは澄まして言った。

「以前、結婚するのは意に沿わないとおっしゃっていましたが、わが国の白薔薇と呼ばれたフローラ王女なら王子もご満足でしょう。まだお若いけれど、ご自分の役割をちゃんと分かっている方ですから」

「そうだな、彼女は素晴らしいよ。妃はお前にわたしのことを何と言っていた？」

「お慕いしていると言っておられました」

フロリアンの笑みをまともに見ずに、ここで王子は話題を変えた。

「それはそうと、フロリアン、お前はやはり国に帰らなかったんだな。いいのか？　妃の幼馴染みだという侍女でさえ帰ったというのに……」

「帰国しても、実は僕には身寄りがありませんから。一生涯フローラ妃をお守りするようにとのグロリア王の命をお受けして、引き続きお側近くに置いていただくことになりました」

「なんだろう、お前、しばらく見ない間に少し大人びた感じがするなあ」

「そうでしょうか」

「顔がりりしく見えるのは、髪を短くしたからだろうね。思いきったものだ、とても見事な金髪だったのに……」

「フローラ妃が午前中お勉強をされる間、近衛隊の訓練に参加させていただきたく……――こうして心意気をお見せすれば、外国人である僕でも受け入れて貰えるのではないかと考えまして」

「それは感心なことだな。わたしから隊長のギーズ侯に話しておいてあげよう。拒否されることはあるまいよ」

「ありがとうございます」

二人が話している間、二頭の一角獣は再会の喜びを分かち合っていた。

アイザックはスイートブライアの首を甘嚙みし、スイートブライアは低く嘶いた――その声音が甘い。鼓膜から入り込んだ甘い音は官能と繋がり、心なしかフロリアンの鼓動は速くなった。

「あからさまな喜びようだな。こちらが照れてしまうよ」

呆れたとばかりに言ったのはリュシアン王子だった。

「わたしのアイザックとお前のスイートブライアは相性がよいみたいだ」

「スイートブライアはお腹に仔を宿しています。アイザックの仔ですよ」

「ほう」

「不思議ですよね、彼らには一目で自分の相手が分かってしまう」

フロリアンが羨ましげに言うと、リュシアン王子はそうだなと同意した。

「人間は五感が退化してしまったのか、こうはいかない。わたしは一目惚れを信じていないよ」

「僕は結構自分の感覚を信じていましたけど……でも、どうやら違ったみたい」

「失恋でも？」

ええ、とフロリアンは頷いた。

「どうして自分を好きになってくれない人を好きになってしまうんでしょうね」

切ない顔をした少年を哀れに思ったのか、王子はフロリアンの肩に手を置いた。

「人間は苦しむために生まれてくると思うかい？」

「そうは思いたくないですが……喜びだけではない、というのが実感です」

「まだ幼いくらいなのに、初恋に破れたくらいでそんなにしみじみ言わないでおくれ。喜びや楽しさを大きく感じるために、ところどころに苦しみがあるのかもしれないぞ」

「哲学ですか？」

「いいや、ただの願望だな。わたしの人生もそれほど思うようにはいっていないからね」

「王子なのに？」

「王子だからかもしれないし、わたしが多少残念な人間だからかもしれない」

思わず、フロリアンは笑ってしまった。

「ご自分で残念な人間って言っちゃうんですか、一国の王太子が」

成人にはまだ遠い少年に対し、かなりくだけた態度のリュシアン王子は好ましかった。

結婚式の夜に寝室に現れた夫と今ここで話している青年と、どちらが本当の王子なのだろう。

人懐こく笑って、リュシアン王子はさらに打ち明けてきた。

「とある人によれば、わたしは見かけに反して頭に血が上りやすいらしい」

「クールじゃないんですか？」

「フフ…、どうかな」

夕方を告げる聖堂の鐘が鳴り出した。

王子はアイザックに声をかけた。

「お前もう充分だろう、そろそろ戻るぞ」

アイザックは不満そうに鼻を鳴らしたが、それでもスイートブライアから離れてこちらへやってきた。

「悪いな、アイザック。夕飯の席につく前に、湯を浴びて着替えなければ父上の機嫌を損ねるんだ」

王子は鮮やかな身のこなしで、アイザックの背にひらりと乗った――黒髪がさらりと流れる。

「フロリアン、またな。近衛隊の訓練に顔を出す機会があったら、手合わせしてあげよう」

「はい、お願いいたします」

アイザックは風のように駆けていった。

複雑な気持ちを持て余すフロリアンを慰めるかのように、スイートブライアが頬ずりしてきた。

『気づかないものね、フロリアンとフローラが同一人物だってこと。人間の男って鈍感だわ』

「騙（だま）してるって思う？」

『気づかないのが悪いのよ』

スイートブライアが嘲笑うかのように嘶くと、それは四方の山々に反響した。

＊＊＊

アヴァロン王宮での暮らしが始まった。

フローラ妃の居室が王宮の右翼にあるリュシアン王子の住居に移されると、その隣の小部屋がフロリアンに与えられた。

アデルはフロリアンが自分よりも狭い部屋の小さなベッドで寝ることに抵抗を感じたらしかったが、当のフロリアンはすぐに馴れた。

王女ならばしなくてもよかった身の回りのことを自分でし、これまで話したこともなかった使用人たちと知り合い、彼らと同じものを食べる……――それは物珍しいばかりでなく、フロリアンに自分が世間知らずだということを自覚させる機会となった。

王城での何不自由ない暮らしは、多くの人々に支えられている。

従者としてフロリアンはアデルに付き添っていることは多かったたが、フローラ妃づきの侍女が何人かいるので、二人が親しく話すことが出来るのは昼寝を理由に人払いする昼食後の数時間と、就寝する前の一時間くらいなものだ。

フロリアンは一人じっくり物事を考え、一人で行動する時間を得ていた。

午前中の三時間、フローラ妃はアヴァロン王国についで学ぶことになった。

指南役に選ばれたのは、国王の弟であるユーリヒ公爵家の子息にして、王子の従者であるラウール——女性の扱いが上手い、赤毛のチャーミングな青年である。

彼がアデルの相手をしている間、フロリアンは近衛隊の訓練に参加させて貰うことになった。

アヴァロン王国の軍隊は、グロリア王国と同じく、大きく分けて三隊ある。

王族の護衛と王城の警備をする近衛隊、国民とその生活を守る憲兵隊、国境を監視する衛兵隊である。

士官学校を出た後、軍人は当人の希望と適性を鑑みた上で配属が決められる。

中でも、白い制服で知られる近衛隊員はパレードの際に楽器を演奏することもあり、若い女性の人気の的だ。嘘か誠か、配属には出自や容姿が考慮されると噂されている。

少数精鋭の彼らは職業的プライドが高く、グロリアから来たフローラ妃のまだ子供のような従者を当初は無視した——遊びの相手をする時間も義務もない、と。

　しかし、リュシアン王子から直々に頼まれた隊長のギーズ侯が相手になっているのを見て、彼らは徐徐にその考えを改めることになった。

「これは、なかなか…いい動きをするんだな。身軽だ。隊長の剣を受け流し、切っ先を突きつけたぞ」

「隊長、油断したんじゃない？」

「いやいや、彼の剣さばきは見事だ。踏み込みに躊躇(ためら)いがないのは、相手の動きが読めているからさ」

「乗馬も得意みたいだね」

「あの気性の荒いライアン号が、敷き藁(わら)を替えさせたのには驚いたよな。蹴られるか、噛まれるかするかと思ったのに」

「見ろよ、馬を走らせながら、矢を射ようとしているぜ…——うわ、五本とも真ん中かよ？」

　隊員たちをもっと驚かせたのは、一角獣に乗ったリュシアン王子が現れたとき、ついて参れと言われたフロリアンが自分の一角獣を呼び寄せたことだった。

　容姿端麗で知られる近衛兵たちが、間抜けなことに、総じて口をぽかんと開けるはめとなった。

　以来、近衛隊では多少の畏敬の念を持ってフロリアンに接するようになった。

　気安く接して貰えないことはフロリアンに孤独をもたらしたが、それはそれで都合がよかったのかもしれない——そう、フロリアンには秘密があるのだから。

　さて、最初の一か月、リュシアン王子は近衛隊の訓練の場に二度顔を出した。フロリアンが訓練に参加しているのを確認して安心したのか、それ以上はもうない。

　妃として生活するアデルの前には、いっかな顔を

「今日、地理の講義を受けているところへ王さまがいらっしゃいましたわ。遠回しに、リュシアン王子と仲睦まじく過ごしているかと聞かれてしまい……もちろん、夜中にいらっしゃると答えておきましたよ」

「身の回りの世話をするだけでなく、侍女たちにはその手のことも報告する義務が科せられているんだろうね」

「世継ぎの王子は、次の世継ぎを作らなければなりませんもの」

「アデルにばかり気を遣わせるね」

国王一家の全員が妾腹に生まれたリュシアン王子に好意があるわけではないせいか、その妃に対する目も優しげなものばかりではない。

侯爵だった夫に先立たれ、子がないままで出戻ってきた長女のカタリナ王女の嫌味は地味に効く。

王子とフローラ妃は食事も一緒にしていない。国王一家が揃う晩餐でも滅多に顔を出さないという。

夫婦なのに、王子とフローラ妃が顔を合わせるのは、一週間の終わりに国王一家全員で食事をする席のみである。

国王と一緒に執務室にいるとき以外に、リュシアン王子がどこで何をしているのかは誰も知らない。従者のラウールにしても、一角獣の後ろをついていくことは不可能だった。

一日の終わり、フロリアンとアデルは自分の見聞きしたこと、学んだことを話し合う。

二人の関心はリュシアン王子にあった。

彼が心変わりをして、フローラ妃と一夜を過ごそうとしたらどうするかという問題がある。

そして、世継ぎの王子でありながら、彼が王城の中で孤立しているように見えるのも気になるところだ。

前王太子の未亡人も底意地が悪い。

肩身が狭い思いには慣れていますから…とアデルは笑うが、フロリアンは胸を痛めずにはいられない。間に入って妃を守る気がないリュシアン王子が恨めしかった。

「フロリアンさまは、わたしのことなど気になさらないでいいのですよ。美味しいものを食べられますし、妃としての勉強はためになります。嫌なことばかりじゃありませんから」

ラウールの講義は、王城での細かい生活上のルールからアヴァロン王国の地理や歴史までの多岐に渡るが、今日は特に周辺諸国の情勢についてだった。

アヴァロン王国は、民主化が進む西のロンバルトと東の軍事国家ゴルマンに挟まれている。北には小国のグロリア、南には古くから深い交流があるファンドランド王国がある。

主な問題は西と東にあった。この二国が密かに繋がって、ことを起こそうとしているのではないかと目されている。

ルートは二つあり、グロリア国の更に北に位置するバルクード王国の国境線にある森林地帯、もう一つはファンドランド王国を横切るファン川ではないかと見られている。

ゴルマン共和国のさらに東にある砂漠の商業国が、この二国に武器と火薬を売りつけているという話も聞く。

戦争の準備が着々と進み、西と東から同時に攻め込まれることになったら……？

そして、現地点での頭痛の種は、東西どちらの国からも難民が国内に流れてきていることだった。

名乗り出れば保護するとふれを出しているのだが、引き渡しを恐れるのか、彼らは山林に潜んで暮らしている。

難民が山賊化し、村落を脅かすようになってくれば、もはや保護対象としては見られなくなってしまう。

（隠れて暮らしている人たちにとって、アヴァロンの村や町の豊かさは羨ましいだろうな。羨ましさが募っていくと、自分を惨めに思い、そこから怒りや憎しみの気持ちが生まれることもある——そう、オスカル王子の未亡人みたいに）

実際、スイートブライアと夜中の散歩に出かけて、フロリアンは深い山や森の中で人に出くわしたことが何度かある。彼らの住居のようなものを見かけたことも。

ボロボロの服を着てうろついていた彼らは、フロリアンを見るや否や、岩や木の後ろに隠れてしまう。

難民たちはどうにか生存はしていても、人間らしい生活が出来ていないようだった。

「これらの問題を解決するにはどうしたらいいか、ラウールは話してくれた？」

「まずは調査だと言ってらっしゃいましたわ。事実の確認と重要人物の洗い出しですって」

随分と悠長な…とフロリアンは思った。

「間者を放ってあるのかな」

「さあ、どうなんでしょうね。ラウールさんが言うには、王さまは楽天家で、グロリア国との婚姻による同盟が東西を牽制することになり、戦争を回避出来ると考えていらっしゃるそうです。でも、リュシアン王子はそれだけでは不充分だとおっしゃってるとか。難民の中に、東西の兵士が隠れている可能性も否定出来ないって」

「ふうん」

今日の講義はそこまでで、どうしましょうと怯えを露わにしたアデルにラウールは謝ったという——あなたを怖がらせるつもりはなかった、と。

跪くラウールの様子を逐一語るアデルに耳を傾けながら、フロリアンは思った。

（ひょっとして、リュシアン王子は自ら国内の危険因子を探ってる……？　執務室に籠もらず、アイザックに乗って国の隅々まで見回っているのかな）

アデルと別れてから、フロリアンは裏庭に出て、スイートブライアを呼びつけた。

「アイザックに会いにいきたくない？」

『そうね、会ってもいいわ。なんだか忙しそうだから会ってなかったけど、こちらから顔を見せてもいいかもしれない。驚かせてやりましょう』

「匂い、分かる？」

『もちろん分かるわ。背に乗って』

煌々と月が照る秋の夜長、スイートブライアは風のように走り出した。

＊

アヴァロン王国のほぼ中心に聳えるヴァロ山を取り巻く樹海の手前まで、スイートブライアは一度も休憩せずに駆け抜けた。

『あそこよ』

彼女が首で指し示したところにアイザックがすっくと立っていた。

「リュシアン王子は？」

『よく見て。草むらの中に潜んでいるわ』

一国の王太子がどうしてそんな場所に隠れているのかと思って見ていると、彼の視線の先に荷車があった。

今しも樹海に入っていこうとしている。

荷車は毛布のようなもので覆われ、積み荷が何であるのかは分からない。

周辺諸国のきな臭い話を聞いた後なので、どうしても武器や火薬を想像してしまう。

荷車を引いているのは中年の男で、その息子だろうか、十歳ほどの少年が後ろを押していた——怪しまれないように、子供を使うのはよくあることだ。

しかし、フロリアンはその少年に見覚えがあった。

ある早朝、スイートブライアに乗って散歩に出たとき、小さな湖の畔で出会ったのだ。

自分の身体が収まりそうな木桶(おけ)で水を汲(く)んでいた少年は、なぜかフロリアンを見かけてもすぐに隠れようとはしなかった。

フロリアンが一角獣にやるためのりんごを取り出したとき、いきなり話しかけてきた。

「それ、馬にやるつもり？」

「そうだよ。一日一個あげる約束なんだ」

「そうか、約束か……だけど、馬にやるくらいなら、オレにくれない？　母ちゃんに食べさせてやりたいんだよ」

「お母さんはりんごが好きなの？」

「りんごもさ。りんごでなくてもいいんだ。もうじき赤ん坊が生まれるのに、家には食べるものがないんだよ」

そのとき、フロリアンはりんごの他に焼き菓子をいくつか持ってきていた。

少年の前に広げてみせると、彼はすばやく全部をシャツの中へ入れてしまった。

そして、フロリアンを見上げ、にやにやと愛想笑いをした。さすがに図々(ずうずう)しいと思ったが、汚れた顔のけなげさに叱責する気にはなれなかった。

「きみも一つくらいは食べなよ」

「オレはいいよ。全部母ちゃんに食べさせる。そしたら、元気な赤ん坊が生まれてくるし、乳もちゃんと出るはずだからね」

赤ん坊が生まれたか聞いていいものかとフロリアンが考えていると、風が女の呻き声を運んできた。

（もしかして、積み荷は産気づいた母親とか？）

風上の方にいるリュシアン王子の耳には入らなかっただろう。

フロリアンはスイートブライアを荷車に近づけた。

「きみ、この前会ったよね？」

「あ、りんごをくれたお兄ちゃんだ！」

積み荷がごそごそと動き、やつれ果てた女が毛布の下から顔を出した。落ち窪(くぼ)んだ目の周りは黒ずみ、唇は色を失っている。

フロリアンに微笑みかけようとしたようだったが、襲ってきた痛みにそれは適(かな)わなかった。

夫は荷車を止め、妻の身体をさすった。

「堪えてくれ……もう少し、堪えるんだ。すぐそこが森だ、後は魔法使いの家を探すだけだからよ」

「ま…魔法使い、なんて…いるのかしら……？」

妻の目にはすでに絶望が浮かんでいた。

「魔法使いじゃなくて、お医者のところへ行くべきじゃないですか？」

フロリアンが言うと、夫は首を横に振った。

「医者に払うこの国の金がないんだ。オレたちはゴルマンから来たんでね」

陣痛が始まったのは二日前だが、赤ん坊の頭が下りてこないのだという。

「この森にいる魔法使いは慈悲深いと聞いた。妻と腹の子を助けてくれるなら、オレに出来ることは何だってするつもりだ」

夫と息子は半日以上かけて、ここまで荷車を引いてきたのだという。

そんな話の間も妊婦は苦悶の表情を浮かべ、嗄れた声で呻いている。

腹に仔を宿したスイートブライアは気の毒がり、悲しげに鼻を鳴らした。

『わたしが荷車を引くわよ』

しかし、困ったことに、ここにいる者全員が魔法使いの家への道を知らないのだった。本当にいるかどうかも分からない。

深い森に不用意に入り込めば、方向を失い、目的を遂げるどころか、命を落としかねない。

スイートブライアは高く嘶いてアイザックを呼びつけたが、彼はすでにじりじりとこちらへ近づいてきていた。

リュシアン王子も草むらから姿を現した。

「どうかしたのか？」

「難産の妊婦がいます」

「ああ、これは……急がなければな」

積み荷が病人だと知るや、王子はてきぱきと動き出した。

長い木の棒二本とチュニックの革ベルトを固定に用い、荷車をアイザックに繋いだ。

「魔女の家に行くには、彼女に招かれるか、秘密の入り口を見つけねばならない。わたしのすぐ後に続くんだ。道から逸れると、無の世界に落ちて戻れなくなるぞ」

荷車に家族三人を乗せ、それを引くアイザックに乗った王子、荷車のすぐ後をスイートブライアに乗ったフロリアンが続いた。

王子が何か呪文を唱えると、二本の大木が左右にしなり、枝と枝を繋ぐようにしてアーチを作った。

「離れるなよ、フロリアン」

アーチを潜って進んでいく――そこにあったのは、道というよりはトンネルだった。

スイートブライアには荷車を追いかけさせていたが、左右の景色が後ろへ流れていく速度はそれよりも明らかに速い。

そして、森は闇に融けた。

（別の世界に入り込んだ？）

異質な音も匂いもないが、異様な雰囲気がある。

鳥肌が立ち、耳鳴りがしてきた。

耳鳴りが耐えがたくなってきたとき、闇のトンネルがいきなりぱっと終わった。

月明かりの森の広場に、風変わりな小屋が建っているのが目に入った。

魔法使いらしい住み処(か)である――…というか、こんな妙な家に普通の人間が住むわけはない。

家の真ん中から、屋根を突き破るようにして大木が生えているのである。その根のせいで家の土台が崩れているが、石や板での補修が無造作すぎる。

左右が非対称の不安定なテラスには薬草がずらりと干され、大小さまざまな箒が立て掛けられている。

家から生えている大木の低いところには掘っ建て小屋が乗り、高いところには見晴台が載っていて、行き来するための縄梯子(なわばしご)が下がっている。

家に対して太すぎる煙突から出ている煙は、白かったと思えば赤くなり、青くなり……ひっきりなしに色が変わる。

呼びかける間もなく、魔法使いが扉を開けて現れた。

フロリアンの予想に反して、魔法使いは年寄りではなかった。

それらしい真っ黒なドレスを着ていたが、背筋をしゃんと伸ばした三十代半ばに見える女性である。

小さめな顔に大きめの目と鼻、口がはみ出しそうなのに、不思議と醜い感じがしない。

　はっきり異質と言えるのは、髪の色だった。

　基本は金だが、そこに赤や青、黄色、紫…といろいろな色が混じっている。バサバサのそれらを革紐で一つに結び、左の肩から垂らしていた。

「クレメンタイン、突然ですまないが、荷車に寝ている女が……――」

　リュシアン王子を途中で遮り、クレメンタインと呼ばれた魔法使いは心得ているとばかりに指示を飛ばした。

「リュシアン、旦那に手を貸して、妊婦をわたしのベッドに運ぶんだよ。それが済んだら、子供と家の裏で薪割りをし、井戸から汲み上げた水でお湯をたくさん沸かしておくれ」

　王子を顎で使う彼女の態度に驚いていると、フロリアンにも役目が言い渡された。

「そこの金髪の子には、わたしの助手をして貰わないとね。さぁ、ついておいで」

　妊婦は奥の小さな部屋に寝かされた。

　部屋に入るとき、クレメンタインに問われた。

「お前は好んでその姿をしているのかい？」

「え？」

「女の子なんだろう、本当は」

　答えないうち、妊婦が苦しみ出した。

　身体をくの字に曲げ、襲ってきた痛みを必死に逃がそうとしているが、呼吸は乱れ、落ち窪んだ目には恐怖が浮かんでいる。

「さあ、あんたのお腹の中を見るよ」

　魔法使いは掌を妊婦の腹に翳した。

　すると、ぼうっと中の様子が浮かび上がってきた。

　胎児は骨盤に頭を入れられず、こちらに背中を向けて横倒しになっていた。首に臍の緒を絡めてしまい、そこから動くことが出来ないのだ。

「これは困ったね……このままでは、どうやったって産むことは出来ないよ。幸い赤ん坊はまだ元気だけど、あんたはもう相当疲れちまったね」

「た、助けてくだ…さい」

息も絶え絶えに妊婦は言う。

「やれるだけのことはやってみるが、ダメなときはお医者にここを切って貰わないといけない」

「き…切るんですか？」

「わたしは女の身体に傷をつけるのは好かない。だから、そうならないようにやってみるよ。まず、あんたの体力を回復させないと……ちょっとの間、眠るといい。さあ、これをお飲み」

クレメンタインが丸薬を取り出すのに、フロリアンは水差しからコップに水を入れた。

クレメンタインはよくやったと言うかのように頷いた。

二人で妊婦を助け、薬を飲ませた。

妊婦は次の陣痛を逃した後、大きく溜息を吐き、目を瞑った。

「赤ん坊を動かすよ。わたしが動かすから、お前は中を映す役だ」

「そ…そんなこと出来ませんよ」

「出来るよ、出来る。お前の中には、わたしのお祖母ちゃんの魔法が潜んでいるからね」

「え？」

「わたしには分かるんだ」

魔法使いの導きで、フロリアンはさっき彼女がしたように妊婦の腹部に手を翳した。

その上に彼女が手を乗せると、妊婦の腹部が透けて見え始めた。

「掌に視線を置き、意識を集中させるんだよ」

半信半疑だったフロリアンの集中が安定するのを待ってから、魔法使いはフロリアンの手の上から自分の手を取り去った。

フロリアンは赤ん坊がいる腹の中を映し続けた。

「そのままそのまま」

クレメンタインは言い、自分は妊婦の腹に直に触った。

「さあ、小さな坊や。あんたはその巻き付けちまった臍の緒を外さなきゃならないよ。大丈夫、反対に回れば取れる……こっちだよ、まずはこっちをお向き」

クレメンタインは猫撫で声で誘導し、赤ん坊を反転させた。

「今度はこっちだ」

二回転したところで陣痛が来た。

赤ん坊の頭が吸い寄せられるように骨盤に塡まったが、それと同時に破水が起こった。

「まだ寝かせておきたかったのに……」

「まずいんですか？」

「水が流れると、陣痛が一気に強くなるんだよ。この人は耐えられるかねえ」

酷い痛みに顔を引き攣らせながら、妊婦は血走った目を開けた。

「もう産まなければならないよ」

クレメンタインが言うのに、妊婦は決意と共に頷いた。

あまり時間はかけたくないので地球の力を借りようと提案し、魔法使いは妊婦を膝立ちの姿勢に抱き起こした。

ベッドに上がり、フロリアンが妊婦を支えた。

「次の痛みがきたら、思いっきり息みなさい。赤ん坊はわたしが受け止めるから、心配することは何もないよ」

　妊婦はフロリアンにしがみつき、力一杯息んだ。

「赤ん坊の頭が見えてきてる。次で産んだ方がいいよ」

　フロリアンは彼女の額の汗を拭った。

「頑張って」

　縋るような目をしつつも、彼女はしっかりと頷いた。

　そして、また陣痛が起こった。

「う、うう、うあああっ」

　妊婦は渾身の力でフロリアンを締め上げ、血液と共にどうにか赤ん坊をこの世に産み落とした――頭ばかり大きなちっぽけな男の子だった。

（す…すごいや）

　手足には指が揃い、もう爪まで生えている。当たり前だが、人間は人間の胎内から人間の形で生まれてくるのだ。

　それを目の当たりにしたフロリアンは、感動のあまり、涙が溢れて仕方がなかった。

　しかし、赤ん坊はまだ最初の呼吸をしていない。紫色になりかけたのを魔法使いは俯せにし、その尻を平手でぴりゃりと打った。

「ほぎゃーっ」

　泣くと同時に、鼻と口から粘液が飛び出した。

「……あぁ、生きてるのね」

　母親は喘ぐように言い、どうにか出産を終えた安堵と喜びに啜り泣いた。

　夜が明ける頃まで、フロリアンは魔法使いの家に留まった。

母親は胎盤の排出時にも出血し、限界まで疲労していたが、赤ん坊に最初の授乳をするまでやってのけた。

乳を口に含んだ後は、赤ん坊も眠ってしまった。

フロリアンは安らかに眠る母子に付き添い、達成感と多幸感に浸った。

（女の人ってすごいな……お母さまはあれほど楚々とした感じなのに、上のお兄さまから僕まで四人を産んだんだ。本当は強い方なんだ）

ぼうっとしているフロリアンに構わず、クレメンタインは男たちに指示を出して、食事や寝具の用意をさせた。

ゴルマン人であろうが、王子であろうが、子供であろうが、この魔法使いは使える者は使いぬく主義であるらしい。

クールな雰囲気のリュシアン王子が、それに嬉々(きき)として従っているのは不思議だと思う以上に愉快な感じがした。

王子は薪を運び入れ、ベッドメイクをし、食事のために野菜や肉を刻むなど甲斐甲斐(かいがい)しく働いた。どこで経験したのか、またそれらを彼はきちんとこなすことが出来た。

魔法使いは成果を褒め、王子の髪をぐしゃぐしゃになるほど撫でまくるなど、まるで小さな子供扱いである——二人はかなり親しいようだ。たぶん、以前からの知り合いなのだろう。

やがてスープが出来上がり、フロリアンも食事に呼ばれた。

食卓は表面が歪んだ丸テーブルで、スープの他には、炙(あぶ)ったハムとパン、木いちごや黒すぐりの実が木製の皿に盛りつけられた。

「スープもハムもまだあるから、たんとお食べ」

空腹な父子がハムにかぶりつくのを横目に見ながら、フロリアンはスープを口にした——美味い。

少々堅いが、くるみが入ったパンも美味だ。

父子のいささか品のない食事のマナーに眉を吊り上げることもなく、リュシアン王子は自分のペースで食事をしていた。

木のスプーンを持つ指は長く、爪の形がきれいである。作法に則り、スープは音を立てずに飲んでいた。

（……王子だなぁ）

やはりフロリアンは王子を好ましく思って眺めるのを止められない。

しかし、王子はフロリアンには気づかず、その目を魔法使いの方へと向けた。

「クレメンタインのスープは最高だな。城のコックが作るのよりも美味いよ」

手放しの褒めように、魔法使いは相好を崩した。

「特別なことは何もしてないよ。知っての通り、肉もほんの少ししか入れてないしね。お前にとって、単に飲み慣れた味ってことだ」

「そうなのかな。それだけじゃない気がするんだよな。魔法の粉でも入れたんじゃないの？」

笑みを返すリュシアン王子は、いつもの怜悧さは影を潜めどこか子供っぽく見えた。

「あ」

フロリアンは気づいてしまった。

（なんか、分かっちゃった……王子が好きな人ってこの魔法使いだ！）

だいぶ年上かもしれないが、有能で、美味しいスープを作ることが出来るクレメンタインは王子が恋するに値しよう。

（そうか……だから、フローラには指一本触れなか

ったんだ）

一途（いちず）な気持ちは理解出来る——出来るが、心の傷がそれで塞がるわけではない。

　ひとしきり食べ、満腹になった少年が溜息を吐いた。

「この美味しいの、ハムっていうんだね。オレ、初めて食ったよ」

　それを耳にし、父親がおいおいと泣き出した。

「こ…こんな美味いもんを食ったのは、オレもゴルマンを出て以来だ。こっちに来れば、もうちっとマシな暮らしが出来ると思ってたのによぉ……」

「町に行けば、役場が仕事を紹介してくれるはずだがな。仕事が決まれば、家だって借りられるのに、なぜそうしない？」

　リュシアン王子が切り込むと、男はぼそぼそと答えた。

「だって、もうすぐ戦争が始まるじゃないか」

　戦争になれば、敵国の出身者はスパイ容疑で逮捕されたり、捕虜として一箇所に詰め込まれたりすることになると彼は思い込んでいた。

　もしゴルマンからの捕虜返還要請にアヴァロンが応じれば、ゴルマンに戻った途端に逃亡者として処刑されるだろう、と。

「どうして戦争が始まるって思うんだ？」

「ゴルマンはもう相当の武器を集めていて、この国に入り込んだロンバルトのテロリストたちが蜂起するのを待つだけだからだ」

「それは確かな話か？」

　きな臭い話に思わずフロリアンは耳を傾けたが、少年と一緒に暖炉でマシマロを焼いて食べてはどうかと魔法使いに促された。

　フロリアンは食卓を離れ、暖炉の炎の前に座った。

少し表面を炙ったマシマロを食べながら、少年が言った。

「この間、兄ちゃんがくれたりんごとお菓子を食べたから、母ちゃんはお産に耐えられたんだ。ありがとうね」

「いいや、お母さんはそれがなくても頑張ったと思うよ。弟が生まれて嬉しい？」

「うん。でも、母ちゃんが死ななくてよかった。死んじゃうところだったんでしょ？」

「お母さんはきみを残して死んだりしないよ」

少年が眠ってしまうまで、フロリアンは彼と並んで暖炉の火を見つめていた。

少年をベッドに運ぶのを手伝ってから、フロリアンは魔法使いに暇（いとま）を告げた。

「そろそろ僕は帰ります」

「そうかい。妊婦さんを見つけて、連れてきてくれてありがとうよ。お前もいつか子供を産むだろうから、いい経験になったはずだ」

「産みませんよ？」

フロリアンは言った。

「見ての通り、僕は男です」

「まあ、見てくれはね」

あぁ、この人は分かっている…と思った――そう、フロリアンが何者であるか。

「男でいるのも悪くはないね……どうやら、お前は弱くない。運命に逆らうなら、それもよしだ」

「僕の運命が分かるんですか？」

「ちゃんと手順を踏んで未来を覗かなければ確かなことは言えないが、お前はしかる後に好きな男の子供を二人ほど産むだろう。古い魔法はグロリア王女の幸せのためのもので、これまでは破られたことはなかったがね」

「………」

「しかし、時代は移り、幸せの形は変わってきている。グロリアの誇り高き白薔薇は、まだ硬い蕾のままでいてもよかろうとわたしは思うね」

フロリアンは微笑んだ。

これまで自分が男でいることを肯定してくれた人はいなかった。クレメンタインに好意を持たずにいられなかった。

五十年前の戦争で、ほとんどの魔法使いが眠りに就いたと聞いている。他に仲間がいない世界で一人生きる孤独は想像を絶するが、それは彼女が選択した道なのだ。

その強い女性に支持されたのだから、男として生きることにもう躊躇いは持ちたくない。

「また会いにきてもいいですか？」

「いつでもおいで。お前のユニコーンなら、迷わずここへ来られるだろう」

夜明けが近づき、空は白くなりかけていた。

フロリアンがスイートブライアを口笛で呼び寄せたとき、リュシアン王子も戸外に出てきた。

「わたしもそろそろ帰るとしよう」

来たときと同じように、アイザックに乗った王子のすぐ後ろを走った。

木のトンネルは木のトンネルのまま続き、周りが闇になることはなかったが、来たときの二倍以上の時間がかかった。

ようやっと森を抜けた。

朝焼けの空を見るかと思ったのに、なぜかまだ真夜中だった。

戸惑っているフロリアンに、王子は言った。

「たぶん、森に入ったときの時間に戻ってきたんだろう。くたびれたお前には眠る時間が必要だから」

「こんな魔法があるなんて……」

「全く想像を絶するよ。これだから、人間は魔法使いを利用したがるんだろうな。災いの元になるのを嫌って、多くの魔法使いは眠ってしまったけれど」

「あの方はどうして眠らなかったんです？」

「クレメンタインかい？　彼女は極めたいことがあるんだ。二百歳を超えて、まだまだと思うなんて魔法使いの生き方は凄まじいね」

「え、二百歳!?」

　フロリアンは信じられないと首を左右に振った。魔法使いゆえか口調がやや古臭いきらいがあるにしても、クレメンタインの見かけはせいぜい三十代半ばである——まだ若い。

（でも、リュシアン王子は彼女が好きなんだ。そういえば、世継ぎに指名されなければ、彼も魔法使いの修行をするつもりだったって言ってたっけ……）

きっと彼女と生きるために。

　王子は続けた。

「わたしはあの家で育ったんだよ、八歳まで。十歳でファンドランド王国の学校に入るまでの二年間はラウールの家にいたがね」

「彼女に育てられたんですか？」

「そう。親であり、憧れの人だよ……わたしはクレメンタインを誰よりも大切に思っているんだ。彼女は未だにわたしをほんの子供だと見なしているのが悲しいよ」

　リュシアン王子は肩を竦めた。

「さて、わたしは国を一周してこなくては。難民のふりで、ゴルマン兵ばかりでなく、ロンバルトのテロリストたちが入国していると聞いたからには、さすがにすぐベッドに入る気がしない」

「お伴したい気持ちはありますが、お産のお手伝いで今夜はもう疲労困憊（こんぱい）です」

申し訳ないとフロリアンが言うと、王子は構わないよと頷いた。

「気をつけてお帰り。近々また温泉にでも行けるといいいな」

3. 蕾のままで

晩秋になって、アヴァロンとグロリア両国で徹底した山狩りが行われた。

同時に、国境線を守る衛兵を増やし、ゴルマンやロンバルトからの出入りを厳しく取り締まった。

その一方で、こちらは大々的ではなく秘密裏に憲兵隊を動かした。

まずは山野に潜む者たちを難民として一斉に保護し、見つけた場所からやや離れた村や町に寄属させた。

それらの難民の大半は、冬を前に家と仕事を得て、落ち着いた生活に入れたことを喜び、感謝を口にしたが、そうでない者たちももちろんいた。

彼らはそこに落ち着こうとはしなかった。

それが狙いだった。

隠れ家に移動したり、仲間と落ち合おうとした者たちを改めて捕らえ、拷問にかけた。

すると、多くの者が他国からのスパイやテロリストであることが判明した。

彼らの隠れ家を暴いたところ、驚くほど多くの武器や火薬が溜め込まれていたのが分かった。

アヴァロンの軍事力は東西の隣国に把握されており、施設の配置などの詳細な地図が作成されていることが推察された。

これらの情報は、ラウールからアデルを通してフロリアンの耳にも入ってきた。

ラウールは王子妃に多少なりとも国政に興味を持たせるつもりだったのだろうが、代役のアデルは怯えるばかりでも、ちゃんと目的は果たしていたことになる。

フロリアンは王家に生まれた者として、東西二国の不穏な動きに敏感にならざるを得なかった。

　それはアヴァロン王太子妃としての危機感ではなかったかもしれないが、祖国グロリアはアヴァロンと命運を共にするだろう。

　毎晩のように、フロリアンはスイートブライアに乗って、北の都ノストラとその周辺の町や村を見てまわった。昔のように、〝めんどくさい〟などと言ってはいられなかった。

　怪しい者たちを見つけたら、憲兵隊に知らせねばならない。

　それは、祖国を離れ、他国にいるフロリアンが出来る数少ないことの一つだった。

　フロリアンがノストラ周辺――ざっと国土の四分の一を見回っているのを知ると、リュシアン王子はそれ以外のところを広く監視するようになった。

　二人はときどき顔を合わせ、情報を交換した。

　連れ立って、クレメンタインのところへ夜食をねだりに行くこともあった。

　冬が近づいてきた。

　スイートブライアの腹ははちきれんばかりになり、彼女は散歩を楽しめるほどには健康だったが、そろそろ遠出は控え、出産場所の近辺に留まるべきである。

　スイートブライアはクレメンタインの馬屋を出産場所に決めていた。フロリアンは付き添えなくなるが、王城の馬屋の騒がしさはデリケートな一角獣の仔馬にはよろしくない。

「今夜を最後の散歩にしようか」

　寒空に月がぽっかりと浮かぶ静かな晩だった。

　ノストラを見下ろせる丘の上で一休みしていると、暗い空からはらはらと雪が降ってきた。

『あら、初雪』

　スイートブライアが長い睫毛に囲まれた目をぱちぱちさせた。

『この国の地面は温かいから、大して積もりはしないわね』

「雪虫を見なかったけどな」

　フロリアンは一本だけ生えている木の下に移動し、冷たくなった手に息を吹きかけた――手袋を忘れてきたのである。

　指の間から漏れた白い息は、すぐに冷たい空気に溶けていく。

　ふと思った。

「ヨアキム兄さまはどうしてるかな」

　すぐ上の兄は寒がりなのに、最北の国境線にある城にいると聞いた。ころころに着膨れして、衛兵隊を指揮しているのだろう。

「お母さまは……――」

　風邪を引いたときは、いつもシナモンスティックで掻き混ぜたホットワインを飲んでいた。

　王である父ならば、そこにショウガを入れるところだ。

　寒さのせいで、心まで寒くなってしまったのだろうか。無性に家族を思い出す。

　人恋しい。

　こちらへ来てまだ数か月だというのに、グロリアでの日々が遠い過去のように思われてくる。

　春に温室で母の薔薇が花開くのをアデルと一緒に眺めた日が、今ではまるで夢であったかのようだ。

　今夜は早く城に戻って、アデルのベッドに潜り込んだ方がいいのかもしれない。

　彼女は優しく迎えてくれるだろう。

　最近のアデルは少しふっくらと丸みを帯び、一層女らしくなってきた。城の食事が豪華で、菓子類が美味しいらしい。

フロリアンはといえば、身長がまた伸びたせいで、長い手足を持て余した少年体型に拍車がかかってきた。

もう二人が同一人物に見なされることはないだろう。この国にいる限り、アデルはずっとフローラ妃を演じなければならない。

（僕たち、どうなるんだろうな）

この異国の地で、二人寄り添い合って生きる日々……。

女らしいふわふわしたアデルに抱きつけば安らげるし、その触感には堪らないものがあるが、彼女の心がラウールに向いているのが分かっている今ではスキンシップはあまりしない。

フロリアンにしたところで、心は相変わらずリュシアン王子にあった。

王子の心がクレメンタインにしか向いていないのは承知していても、彼への思いを消すことは出来なかった。

少なくとも、リュシアン王子が冷たい人間ではないのは知っている。

王城に留め置いている妃には背を向けても、その従者である少年とは打ち解け、思いがけないくらいによくしてくれるからだ。

（本当は、僕が妃なんだけど…な）

それを思うと、笑いたいような、泣きたいような複雑な気持ちになる。

（でも、妃として隣に立ちたいとは思わない。望まれていないって以上に、僕は男でいたいんだもの……ユニコーンの背に乗り、剣を手に、このまま自分らしく生きる道を探りたい）

しかし、それを望めば、ずっと一人ぼっちかもしれない。

れない。

男として生きるなら、女の子を好きになるべきだったのに、同じ男である王子に恋をしてしまったのだから。

「さ…最悪かな？」

リュシアン王子への恋心が消えることがあったとしても、自分が他の誰かを望むとは思えない——恐らく王子は唯一無二の人である。

彼の後では、どんな美点を持った人に出会ったとしても、きっと色褪せて見えるに違いない。

寒さと孤独に、フロリアンはふるるっと震えた。

スイートブライアがフロリアンの物思いを察し、慰めてきた。

『フロリアン、頑なになることないのよ。あなたをそのままで愛してくれる人がきっと現れるはずだから。寒くて、ちょっと寂しくなったのよ。可哀想にね……ああ、わたしがあなたを抱き締めてあげられればいいのに』

「ありがとう、スイートブライア。気持ちだけ受け取っておくよ」

そのとき、ふと背後から人が近づく気配に気づいた。

慌てて振り向こうとしたが、その間はなく、たちまち羽交い締めにされてしまった。

「！」

羽交い締め…ではない、全く身動きが取れなくなったわけではなかった。

振り切ろうと思えば振り切れるが、そうしないのは、知っている人間の仕業だと分かったからだ。

「フロリアン、お前、こんな薄着で外出とは……風邪を引くぞ。身体が冷え切ってるじゃないか」

首にかかる息が温かい。

しょうがないなあと笑いを交えた声はリュシアン王子のそれだった。

彼はフロリアンを後ろから抱き寄せ、かつ自分が羽織っているマントを前で掻き合わせた。

王子の匂いに包まれる。

甘い気持ちが込み上げてくるのに、フロリアンはほっと息を吐いた。

『あらあら、よかったわね』

ヒヒィーンと風上の方から嘶きが聞こえてきた。

『アイザックだわ！』

スイートブライアが駆け出した。

愛馬が去ると、見晴らしのいい丘で二人きり……自分に背後から被さるようにしている王子の存在だけに意識がいく。

「……用意周到ですね、王子。マントどころか、僕は手袋まで忘れてしまったのに。雪が降るのが分かったんですか？」

「ラウールが持っていけってうるさかったんだよ。あいつは子供のときの怪我の痕で、天気予報が出来るんだ。雨や雪のときは疼くらしいよ」

「へえ、それはすごい…のかな。痛いのは可哀想ですけど」

「便利な男なんだ、あいつ」

自慢気に言われ、思わず口が滑ってしまった——皮肉っぽく。

「妃のお守りもしてくれるし？」

「なんだ、お前はあまり好ましく思っていないのかい？」

「そ…そんなことはないですけど」

「夫の親友と午前中の一時を親しく過ごすフローラが心配か？」

「……まあ、ちょっと複雑です。でも、指南役とし

てラウールさまはご適任なのでしょうから」

「そうだ、ラウールは上手くやるだろう」

そんな会話の間もずっと王子はフロリアンから離れなかった。冷気を遮断したマントの内側で、彼の体温がフロリアンに移っていく。

凍えかけていた身体が温まるにつれ、気持ちに余裕が出来たのか、この状態が居たたまれなくなってきた。

温かく心地もよいが、適当な距離ではない。

自分よりはるかに上背があり、鍛えた胸板をしたリュシアン王子があまりにも近い。

(お…男同士で……——)

何をやっているのだろう、と。

有り難いことに、あの身体の輪郭が溶けるような感覚は起こらない。だからこその抵抗感でもあった。

ふっと王子が呟いた。

「人間って温かいものだな」

「………」

「寒い日は人恋しくて堪らなくなるんだ、昔から」

「……お、女の子じゃなくて…すみません」

恐縮気味にフロリアンが言うと、王子はくっくと笑った。

「お前が女だったら、もっと別の方法で温めてやるところだよ」

「ラウールさんだったら?」

「ラウール? ああ、二人で寒いとなったら組み手でもするな」

「組み手?」

「格闘だ。やるか?」

その瞬間、ばっとマントを脱ぎ去り、王子はフロリアンの前へ躍り出た。

向かい合い、じりじりと間を測る。

リュシアン王子の青い瞳がフロリアンを捕らえ、不敵にきらりと輝いた。

（あぶない！）

あっという間に襟を取られ、ぐるんと身体が宙で回った。

近衛隊で覚えた受身が役立つ。

枯れ草の上に投げ出されるも、衝撃を最小限に食い止め、すぐに起き上がった。

「まだまだ！」

しかし、まともに捕まってしまったら、体格差や筋力でフロリアンに勝ち目はない。

すばしっこく動き、王子の間合いを崩すに徹した。

肩を摑まれる前に身体を反転させ、リュシアン王子の腕を後ろに引いた——が、後ろ足で蹴られそうになり、飛び退る。

再び向かい合わせに立つ。

二人は息を切らせながら、雪が舞い落ちる丘の上で行きつ戻りつ、追いつ追われつした。

不意にリュシアン王子の瞳が閃いた。

（ん？）

右に行くと見せかけながら左へと動き、フロリアンは王子の罠にまんまと塡められてしまった。

まごついているところを容赦なく足払いされ、倒れかかる。

「くっ」

瞬間的に、王子の襟首を摑んだ。

フロリアンに巻き込まれ、王子まで地面に倒れ伏すことになってしまった。

二人は上になり、下になりながら丘をごろごろ転がった。

ようやっと止まったとき、フロリアンは王子の身体の上に乗り上げていた。

優位な姿勢——いや…そうではない、王子はわざと自分が下になってくれたのだ。

「捕まえたぞ！」

リュシアン王子はフロリアンに腕を回し、ぎゅっと強く締め上げてきた。

しかし、痛いほどには力を加えられず、フロリアンは王子の胸の上でくったりとなった。

「……すばしっこいなあ、フロリアンは」

「だって、逃げるしかありませんもの。捕まったら、簡単に投げられちゃいます」

「今度はハンデを考えような」

王子がとんとんと背中を叩いてくるのに、慌ててフロリアンは身体を起こしかけた。

「す、すみませんっ」

「ああ、起きろって意味じゃない。お前を労ったつもりだったよ」

リュシアン王子は微笑んで、フロリアンを見つめてくる。

端麗な顔がそこにある。

絹糸のようなさらりとした黒い髪が好きだ。

青い瞳に吸い寄せられそうになって、思わずフロリアンは生唾を飲んだ。

（この人はなんて……！）

生き生きとして美しいのか。

そして、強い。慈愛の心も持っている。

王子に髪をくしゅくしゅと撫でられた——だいぶ伸びたなあ、と。

その大きな手が好ましい。

そうしようと思う間もなく、フロリアンはリュシアン王子に口づけていた。

顔を上げ、目が合ったとき、自分がしでかしたことに狼狽えた。

しかし、リュシアン王子は驚きに目を見開いただけで、咎め立てはしなかった。

しみじみと言う。

「お前も人恋しいんだなあ」

「ご、ごめんなさいっ」

今度こそフロリアンはリュシアン王子の上から身体をどかそうとしたが、王子はそれを許さず、フロリアンが下になるように身体を反転させた。

フロリアンの顔を囲うように覗き込み、王子が問いかけてきた。

「謝らなきゃならないことかい？」

「だ…だって、お嫌でしょ？　男にいきなり口づけされたら、きっと気持ち悪いもの」

「わたしはお前を気に入っているよ」

王子は言った。

「お前がわたしを好きなら、嬉しいと思わないわけはない。なぁ、わたしを好きなんだろう？」

「……す、好きです」

蚊の鳴くような声で言った。

「いい子だ」

もう一度髪を撫でてから、王子は笑った形の唇を近づけてきた。

（う、嘘…！）

とても見てはいられず、フロリアンは目をぎゅっと瞑った。

しっとりと押し当てられた唇の感触に、胸が苦しいほどに高鳴った。

王子はただ唇を重ねるだけでなく、舌先を滑り込ませてきた――どう応えたらいいか分からないまま、フロリアンの唇は自然と綻んだ。

舌と舌が触れ、その未知なる感覚に鳥肌が立つ。

唇が離れた。

慌てて忘れていた呼吸をするフロリアンに、リュシアン王子は苦笑いした。

「大人のキスになってしまったな」

開いた目に、王子の濡れた唇が飛び込んできた。とても正視に耐えない。

微妙に視線を逸らしながら、フロリアンは問いかけた。

「お、王子は、相手が男でも…いいんです？」

「正直なところ、経験はないな。ファンドランドの学校の寮には男しかいなかったから、そういう関係になる者もいたようだ。しかし、当時のわたしは興味がなかった。町に出さえすれば、いくらでも女の子に会えたからね」

「……僕、男です」

「そうだね」

そうだと認めて、王子は自嘲した。

「わたしにもなぜか分からない。本来わたしは警戒心が強く、あまり他人に心を開く人間ではないんだ。なのに、お前がわたしを好きだと知って、とても嬉しくなった。どういうことだと思う？」

「……」

「お前はきれいな男の子だ。白く、穢(けが)れを知らない薔薇の蕾のようだよ」

きゅんと胸が甘く締め付けられ、フロリアンは動揺した。

自分ではちゃんと男のつもりだけど、王子に惹かれる部分は実は女なのかもしれない。

女の子に生まれ、男として育った。何かの拍子で女性に変わる可能性を秘めた身である。

（いや、どこまでも僕は僕だ。僕としてこの人を好きになったんだ）

それが許され、受け入れられるかどうかはまた別の話として。

ときめく自分にフロリアンが混乱していると、王子がまた口づけてきた。

今度はもっと大人のキスだった。

ときどき角度を変えながら、深く、浅く重ね合わせる。

舌と舌を絡ませると、その甘い感触にぞくぞくとしてきた。

（こ、こんなのは…知らない。僕、どうなるの？　身体が…ああ、熱くなってしまう…――）

粘膜の接触は性的な感覚に繋がる。

「あ…！」

足の付け根が突っ張り、そこが堅くなってきたのが分かった。

フロリアンは狼狽えた。

どうにかして腰をずらそうと身動ぎしたが、かえってそのせいで王子に気づかれてしまった。

「あ？　あぁ…そうか」

王子は一つ頷いた。

「気にすることはない、男の身体はそういうふうに出来ているんだ」

「し…失礼を…――」

羞恥でカッと顔が熱くなった。

「可愛いなぁ、フロリアンは。こんなに耳まで赤くして……」

耳たぶをしゃぶられ、温かい息を吹きかけられて、フロリアンは喘いだ。

そこは収まるどころか、痛いほどに勃ち上がってきた。

（ど、どうしよ……どうしようっ）

フロリアンは両膝を閉じようとしたが、リュシアン王子の足がそこにあった。

「お…王子、離れてもらって…いい、ですか？」

「寂しいことを言うなよ」

「でも、このままだと……僕、困ったことになりそうです」

「困ってみろよ」

耳元でそう言った声は甘かったが、飲み込めず、フロリアンは泣き出してしまった。

「ごめん。ああ、ごめんよ」

慌てた様子で、リュシアン王子はフロリアンの上から身体をずらした。

「わたしとしたことが、つい大人げないことを……すまなかったな」

フロリアンは首を横に振った。

「い…いいんです、僕が無知なだけ。僕、まだ一度もないんです。だから、怖くて……」

「一度も？」

リュシアン王子は驚きを隠さなかった。

「お前とフローラは、そういう関係なのかと思っていたよ。人払いして、二人っきりでいる時間があると聞いたからね。わたしが見たところ、フローラは年の割に積極的なタイプのようでもあるし」

「ま、まさか！」

フロリアンは首を横に振った。

「フローラ王女と僕は姉と弟のような関係です、あり得ません」

「姉と弟…ね」

フロリアンを見つめていたリュシアン王子が、不意にハッと息を飲んだ。

「服装が違うから気づかなかったが、フローラとお前は顔立ちがよく似ているな……姉弟？　姉弟というよりは、まるで双子のようだ」

このとき、フロリアンは全てを明かしてしまおうかと思った――自分があなたの妃である、と。

しかし、身体はどうしようもなく男だ。それを王子は分かっている。

グロリア王国の王女が男の身体で結婚式にのぞみ、初夜は侍女と入れ変わるごまかしを考えていたことを告げたら、アヴァロン国のこの誇り高い王子は祖国を糾弾するのではないだろうか。

（グロリア王国の王女フローラはアヴァロンの王太子に恋をして、一か八かの気持ちで結婚したんだけれども……）

そこまで伝え、理解して貰うのは難しいかもしれない――クレメンタインの口添えでもないことには、彼は信じてくれないだろう。

フロリアンは言った。

「僕がフローラ王女に似ているのは必然ですよ。有事に身代わりとなるため、王室で一緒に育てられたんですから」

「フロリアン、可哀想に……王女の代わりに危険な目に遭いながら、お前はここまで育ってきたというのかい？」

幼いフロリアンを追い詰めた罪悪感からだろうか、リュシアン王子はセンチメンタルな想像をしたようだった。

フロリアンはさばさばと言った。

「そんな危険な目になんか遭っていませんよ。フローラ王女はあまり城から出ることはなかったので。身代わり役ではありましたが、僕はただ王女の遊び相手でした。王女は楽しい人ですし、一緒に教育を受けさせて貰うことが出来ました。顔がそっくりで、僕は幸運だったと思います」

いつかのアデルの主張をなぞった。

「ああ、フロリアン」

「そんなわけで、リュシアン王子が僕の顔を好まれたとしても、そもそも妃である王女の顔がお好きだからでしょう」

フロリアンは方向転換したつもりだったが、意図したようにはいかず、かえってリュシアン王子はフロリアンへの肩入れを強めてしまった。

「いいや、わたしはフローラとフロリアンを混同したりはしない。フロリアンはフロリアンだ。そうだろ？」

美しい青い瞳でフロリアンを捕らえ、王子はきっぱりと言った。

「わたしはフロリアンが好きだ」

そして、そっと頬に口づけてきた。

隣国から嫁いできた妃を軽視している王子には腹が立っても、与えられたキスには何の不満もなかった。ただ苦しいくらいにときめいてしまうだけ。

（ああ、好き……王子が好きだ）

今度はフロリアンの方から彼を抱き締めた。

すかさず彼の手が背中に回されて、泣きたいほどに嬉しくなった。

しばらく二人は抱き合っていた。

雪は降り続いていたが、フロリアンは少しも寒さを感じなかった。

フロリアンの肩越しに空を見上げ、リュシアン王子が呟いた。

「……雪が大きくなってきた」

掌に載った雪を見せられたが、それは間もなく彼の体温に溶けた。

「またお前が凍えてしまわないように、そろそろ城に戻らなければな」

「まだ大丈夫です」

フロリアンは愛しい王子にしがみついた。

「もっと…こうしていましょうよ」

「そうだな、充分温かいよな」

「重たいですか？」

「全然」

　リュシアン王子は逞しい腕で、フロリアンをより力強く抱き締めてくれた。

　雪がいくら背中に落ちても、王子の腕の中にいれば本当に温かい。

（ああ、このまま時間が止まってしまえばいいのに……！）

　リュシアン王子の気持ちの全ては分からないが、彼の抱擁が緩められることはなかった。

　結局、一角獣たちの方から帰城を促されるまで、二人は上下に重なり合っていた。

＊

　夜が一番長くなる日、ノストラ城のボールルームでは恒例の仮面舞踏会が開かれた。

　アヴァロン国の王侯貴族、その他富裕層などの招待客たちが一堂に会し、一年を締め括る。

　この日は、都だけでなく多くの町や村でも無礼講の宴がいくつも行われる。子供たちには菓子やプレゼントが配られ、大人は夜を徹して飲み明かすのだ。

　聖堂の司祭たちは冬至の儀式をした後、華々しく花火を打ち上げる習いである。

　寒空を彩る花火は毎年見応えがあり、多くの国民に楽しみにされている冬最大のイベントだ。

　空が小暗くなってきた頃から、ライトアップされたノストラ城に次々と馬車が入ってきた。

　かなり広いはずのボールルームが、着飾った上に仮面をつけた人々で埋まった。

音楽が始まり、彼らが動き出す――回る色とりどりのドレスが花のようで、衣装の色彩がカレイドスコープを覗いたように目に飛び込んでくる。

　フロリアンは壁を背にし、従者らしく王太子妃を見守っていた。

　近衛隊と憲兵隊ががっちり警備を固めているので、個人についている従者の出る幕はないのだが、アヴァロンの栄華を知りたくてフロリアンはこの場にいた。

　国土面積と比例し、参加者はグロリアのこうした催しのそれよりも三倍以上だ。

　みんなそれぞれに着飾り、かつ仮面をつけているために誰が誰なのか分からないはずが、王家の人々やリュシアン王子、アデル、ラウールにはやっぱり目がいく。

　見慣れているというのはもちろんあるが、彼らはやはりどこか輝かしいオーラを纏っているのだ。

（この数か月で、アデルはきれいになったな……たぶん恋をしているからだ。五年経たないと解放してやれないのが申し訳ないや。その間、あの華やかな赤毛さんが一人でいてくれるだろうか）

　リュシアン王子はアデルと一曲、妹のアマーリア王女と一曲踊ると、誘いを請う数多の美女からの眼差しを無視していつものようにさっさと退場してしまった。

　アデルは幼いアンリ王子と踊った後は、ずっとラウールと踊っている。

（あんな踵の高い靴を履いて、爪先が痛くならないのかな……くるっと回るたびにドレスが広がるのは楽しそうだけど）

　不意に背中を叩かれ、振り向くと近衛のギーズ隊長だった。

「フロリアン、リュシアン王子が裏庭でお待ちだ。フローラ妃はわたしたちがお守りするから、王子のお相手をしてくれ」

「分かりました。よろしくお願いします」

　こんなふうに呼び出されるのは初めてだった。

　リュシアン王子とは夜中の遠乗りに出かけたときに、いつも偶然という形で顔を合わせる。

　スイートブライアが出産のためにクレメンタインのところへ身を寄せてからは、ここしばらく王子と顔を合わせる機会はなかった。

　あの初雪の夜――ついキスをしてしまい、告白するはめになった日以来である。

　あのときのリュシアン王子を思い出すと平静ではいられなくなるので、王子のことは一切考えないようにしていたフロリアンだ。

　その心の縛(いまし)めをそっと解く。

（……王子も僕を好きだって言ってくれた）

　抱き締めてくれた腕の強さや匂い、体温が思い出され、にわかに鼓動が速くなった。

（会いたかった！）

　どうかすると走り出しそうになるので、自分に落ち着けと言い聞かせつつ、通常の歩く速度で長い廊下を通り抜ける。

　裏庭に着いた。

　ボールルームの音楽やさざめきは聞こえてくるが、ここは寂しいくらいにひっそりとしていた。

　リュシアン王子はすでに乗馬服に着替え、馬屋番の男と何か話しているところだった。

　今夜は無礼講のせいか、馬屋番はウイスキーを片手に、すでに頬も赤い。

「お呼びと聞きましたが？」

　声をかけると、王子は振り向いた。

「やあ、フロリアン」

眩しいくらいの微笑みで迎えられた。

「スイートブライアが昨夜仔馬を産んだよ。生まれてすぐに立ち上がれた強い牡の仔馬だ」

「ついに生まれたんですね。お知らせくださってありがとうございます」

「彼女は疲れたみたいだったが、少し休んでからは息子にちゃんと乳をやったよ。見にいくかい？」

「行きたいです」

「じゃ、一緒に乗りなさい」

　アイザックは逞しいので、一度に二人乗せることくらいわけはない。

　それでも、フロリアンは飼い葉を食べているアイザックに話しかけた。

「アイザック、お父さんになったんだってね。今日は僕を一緒に乗せてくれる？　スイートブライアに会いたいんだ」

『もちろん、乗るがいいさ。乙女は大歓迎だ』

　処女好きな牡の一角獣のアイザックは、歯を剝き出して笑顔のような表情を見せた。

「僕は男だけど？」

『見かけはそのようだが、お前からは男の匂いがしない』

「……」

『まあ、気を悪くするな。お前はオレの連れ合いの契約者だ。遠慮なく、背に乗るがいい』

「ありがとう」

　リュシアン王子はアイザックに跨ると、フロリアンに手を貸して自分の前に座らせた――この体勢は初雪の夜と同じだ。

（乙女…だって？）

　王子へのときめきは乙女のそれに似ているかもし

れないが、全ての恋はこうではないのか。

　アイザックが走り出す直前、フロリアンの気持ちに応えるかのように、王子はフロリアンの金髪のつむじに口づけてきた。

「さあ、行くぞ」

　一角獣は城の塀を軽々と飛び越え、賑やかなノストラの街を走っていく。

　いつ雪が降り出してもおかしくない外気温だが、愛しい王子にすっぽりと抱かれれば、フロリアンが寒さを感じることは一瞬たりともない。

　司祭たちが冬至の行事を終え、高らかに鳴らした聖堂の鐘が反響する。

　思いがけないほど近くから、リュシアン王子の声がした。

「冬空に鐘の音がよく響くな」

　フロリアンは頷いた。

「天におわす神々にも届きますね」

「フロリアンは神を信じているのかい？」

「ときどきは」

　フロリアンの答えに、王子はくすくす笑った。

「そうか、ときどきか」

　アイザックは男盛りの獣らしく、素晴らしいスピードで大地を駆け抜ける。

　平原を走り、丘を越え、湖を跳んだ。

　彼にかかってはアヴァロン国の広い面積も狭いくらいで、たちまち樹海の手前に辿り着いた。

　休憩を必要ともせずに、王子が呪文で作ったトンネルを潜っていく……。

　前方にクレメンタインの奇妙な小屋が見えた。

　煙突から立ち上る異常な煙の色から判断して、魔法使いは何らかの実験中らしい。母屋に声をかけないまま、馬屋に回った。

幸せそうな雌（メス）の一角獣と幼い仔がいた。

フロリアンはアイザックの背中から滑り降りた。

「スイートブライア！」

フロリアンが駆け寄ると、彼女は優しく嘶いた。

「素晴らしい仔馬だね、おめでとう。なんて呼んだらいいの？」

『ロビンよ』

「ロビン、元気に大きくなるんだよ」

話しかけても、赤ん坊の一角獣はきょとんと突っ立っている。

母親がこちらへ押し出そうとしても、足を突っ張ってその場に留まろうとする。

「強い仔だ」

『アイザックに似たのよ、きっと』

背後で、アイザックが誇らしげに嘶いた。

『もう数日すれば、いつでも呼び出してくれていいわよ。この子はここに置いていけば安全だから』

赤ん坊を徒（いたず）らに刺激するのを心配し、面会は短時間に済ませた。

まだ夜は長い。

王子の提案で、西の都ウィスラへ行ってみることにした。

フロリアンはまだウィスラまでは行ったことがなかった。

ウィスラはアヴァロンの最初の都が作られた古い土地で、半分は遺跡で出来ている。

西の山脈の最後尾に聳え立つアロ山は休火山だが、かつて突然に起きた噴火によって当時の都は灰に覆われた。そんな憂き目に遭うこと数回、とうとう時の国王は南のサーザに都を移したという。

都の跡地は成育の早い樹木に覆われ、残っていた建物もそれらに浸食された。今では、遺跡と森が共存した形に落ち着いている。

ウィスラの民は遺跡を有する土地に誇りを持ち、それらの保善に努めると共に、豊富な木材を材料にした家具の制作や製紙工場の運営などによって比較的豊かな生活を維持している。

アイザックは川沿いに西へ向かい、いささか不愉快な湿地帯を抜けた。そこからアロ山の中腹に駆け上がれば、西都ウィスラを見下ろせる。

冬至の夜、やはりウィスラの街も賑わっているようで、瞬く色とりどりの灯りがきれいだ。

広場にすっくと立った巨大な初代アヴァロン王の彫像もライトアップされている。指と鼻先が少し崩れているが、今でも圧倒的な存在感がある。

「リュシアン王子、あなたに少し似ているかも」

賢そうな額の形や頬骨の高さが。

「それは光栄なことだよ」

リュシアン王子がアヴァロンの歴史をかいつまんで話してくれた。

すでに知っている話ではあったが、王子の美しい声音で語られると、とってもおきのおとぎ話のように思われてくる。

アヴァロンとグロリアの民は同じ部族が分かれたものだ。

獲物を追って北に行ったのがグロリアで、定住して小麦畑を開いたのがアヴァロンである。

その後も二国間の友好関係は続き、アンリ一世はグロリアの王女を娶り、その二代後にアヴァロン王女がグロリアへ嫁入りしている。

リュシアン王子に後ろから抱かれながら、こんな話を温かく耳に注がれれば、こうして二人が一緒にいるのは必然かと思われてくる。

（僕がちゃんと身体まで王女だったら、二国間の和親は深まった……――いや、そうじゃない。王子がまともにフローラに向き合おうとしないから、和睦は形だけになってしまっている)

フロリアンの身体のせいだけではないのだ、自虐的に考えるのは止めなくては。

ややこしいことになってはいるが、必ずしも不幸な空気ではない。

王子妃の身代わりをしているアデルは無理矢理身体を開かれるようなことはなかったし、教育係のラウールに恋をして、日々それなりに楽しく暮らしている。

フロリアンにしても、望んでいた男の身体のままでいられ、王子妃として王城に籠もりっきりの窮屈な暮らしを強いられてはいない。

また、慕わしく思っていたリュシアン王子と親しくなり、こうして一緒に外出しているのだ。

(キスもしたしね……そして、抱き合って暖を取ったりもしたっけ)

先日のことを思い出し、夢ではなかったのを確認したくなってしまった。

王子はフロリアンとキスをしたことに後悔はないのだろうか。好きだと言ったのは、ほんの戯れだったりしないだろうか。

確かめたい。

振り向いて、フロリアンは王子を誘った。

「東の都イーサントには温泉がありましたね、初めて一緒に遠乗りしたときです。また行ってみませんか?」

このとき、温泉に入るということが裸になるのを意味するとまでは考えていなかった――ただもう少しノストラ城に戻るのを引き延ばしたかっただけである。

「……温泉はいいな。行こうと言いながら、なかなか行けなかったしね」

王子が手綱を放し、フロリアンに腕を回してきた。ぎゅっと抱き締められ、自分がどういう誘いをしたのかを自覚した。

(なんて大胆な……！)

リュシアン王子が首筋に口づけてきた。にわかに身体が熱くなり、フロリアンは小さく喘いだ。

自分が王子を求めているのが分かった――男の身体なのに、こうして抱かれ、口づけされるのが嬉しくて堪らない。

「ウィスラにも温泉はある。王家だけの温泉が……知らせていないから湯番の者はいないだろうが、二人で寛げるだろう」

王子がアイザックを走らせ始めた。

アイザックの歩みに合わせるかのように、フロリアンの胸はトクトクと高鳴る。

(いいのかな、こういうの……王子は結婚したばかりなのに)

フローラには指一本触れていないが、これは浮気になるのか……？

すっと頭に他者の思考が流れてきた。

『面白いな、人間は』

アイザックだった。

『感覚を研ぎ澄ませれば、相手が自分とどう関わっていく者か分かるはずなのに、人間は自分で自分を騙しているようなものだ』

心で答えた。

(そうだね、アイザックからしてみれば不可解かもしれない。僕たちは王家に生まれたから、個人の気持ちだけでは生きられないんだよ。それに加えて、

僕はややこしい身体に生まれてしまっているから）

『そんなもの、蹴飛ばしてしまえばいい』

（そう出来れば、苦労はないよ）

『お前はお前だろう？　少なくとも、リュシアンは欲しいものに手を伸ばすことに恐れはしないぞ』

　そうやって会話しながらも、たちまちアイザックはアロ山の裏側に到着した。

　ここからはウィスラの街は見えず、ロンバルト国との国境線に沿って作られたレンガ塀とその向こうに荒野があるだけだ。

　景色はもの寂しいばかりだったが、温泉はコの字型の豪華な建物で囲われていた。花鳥風月の細かい彫刻は圧倒的だ。

「おいで」

　リュシアン王子は先にアイザックの背から降り、フロリアンに手を貸した。王子の胸に滑り降りる。

　灯りをつけつつ、二人は建物の中に入っていく。

　温泉に面する形で廊下が続き、廊下の背後は薄い掛け布越しにソファやベッドなどが置いてあるのが見えた。

　岩風呂へ向かう階段の後ろは、ちょうど着替えるのに都合がいいスペースになっていた。

　衝立（ついたて）で仕切られたスペースに顎をしゃくり、王子はフロリアンに勧めた。

「お前はこちらを使ったらいい」

　有り難かった。

　イーサントの温泉は完全に野外だったが、ちゃんと設備があるところでは物陰で服を脱ぎたいもの。

　フロリアンは裸になりはしたものの、なかなか衝立の奥から出る決心がつかなかった。

　鏡に写る自分の姿は見慣れたものだが、女性の豊満な身体を見慣れているだろうリュシアン王子にはどう映るかと思ってしまう。

細長い手足を生やした薄い身体――つるりと無毛で、全く未成熟なのが情けない。

せめて、男として成熟していたら、まだ…と考えるも、どうしようもない。

どれだけ鍛えたら、王子のような厚い胸板を持つことが出来るだろう。

「フロリアン、どうかしたか？」

声がかかってしまった。

「只今（ただいま）参ります」

フロリアンは躊躇いを投げ捨てた。

（……よし）

もうもうと上がる湯気のせいで、視界はかなり不鮮明のはず……。

すでに王子は温泉に入っていた。

視界もそうだが、有り難いことに湯もやや白く濁っていた。それらを頼みに、フロリアンはそろそろと温泉に足を踏み入れた。

「もっと近くにおいで」

手招かれ、拒否するわけにはいかなかった。

湯に首まで浸（つ）かったままのしゃがんだ格好で移動し、リュシアン王子のすぐ前まで来た。

「ここだ」

縁のすぐ下にベンチのように平たい石が置いてあった。

二人は並んで座った。

湯の濁りのせいで、全身が透けて見えるわけではないのが有り難い。

不意に、花火の音が聞こえてきた。

ウィスラの聖堂でも、冬至の儀式を終えた司祭たちが花火を打ち上げたらしい。

最初は音だけだったのが、ついには寒空に一つ二つ、大きく花開くのが見えた。

「……アヴァロンの冬至は盛大ですね。ホントに国を上げての行事なんだな」

「グロリアはそうじゃないのか？」

「聖堂で集会はありますが、冬至はみんなでアップルパイを食べる日って認識ですね。秋の収穫祭ほど盛り上がらないのは、遠くの領地から貴族たちが集まるには雪が深すぎるからかもしれません」

「新年はどんな感じだ？」

「前日から家族で集まり、真夜中の鐘を聞いてから乾杯です。このとき、司祭たちは花火を上げますよ」

「なるほど」

「冬の夜空に花火はきれいですよね」

また一つ花火が上がった。

花火が上がっている間は言葉はなくてもいい。一緒に空を見上げながら、リュシアン王子の存在をひたすら好ましく感じていられた。

やがて音が途絶え、夜空が花火から星に入れ変わった。

「……終わっちゃいました」

フロリアンは溜息を吐いた。

「終わらないさ、今夜はまだ長いよ」

肩に腕が回され、フロリアンは王子を振り返って見た。

（……なんて近くに）

近すぎて、怖いくらいだ。

彼の青い瞳の中に、今にも泣き出しそうな顔の自分が映っている——悲しいことなんかないはずなのに。

「わたしが怖い？」

フロリアンは首を横に振ったが、それはいささかきっぱりしすぎていたかもしれない。

　リュシアン王子は苦笑いを浮かべ、片方の手を上げてみせた。

「まだ幼いお前に、無茶なことはしないと誓おう」

「そ…そんな幼くないですよ！」

　フロリアンは強く主張して、自分から王子に口づけた。

　そう——最初にキスをしたのも、自分からだった。

　一旦離して、視線を交わしてから、もう一度唇を重ねる。

　二度目は柔らかく吸い、離れようとしたのを引き止められた。

　交互に吸い合い、だんだん深く唇を重ねていき、舌先を触れ合わせる。

（あ！）

　その途端、フロリアンはぞくぞくと背筋に這い上がるものを感じた。

　アデルが好んで読む小説に、こんなシーンはなかったか。

　戸惑いと期待、そして……。

　温泉の湯よりも熱い何かが内側から湧いてくる。

　それを言い表す言葉が浮かばない。

　口づけは続いた——呼吸を忘れるほど深く貪ることで、相手の心を吸い上げられるかのように。

「……！」

　いきなり、リュシアン王子が唇を離した。

　フロリアンは思わず抗議の視線を向けてしまった。

　王子は自嘲気味にふふ…と笑った。

「フロリアン、お前が可哀想だと思って……ひどく夢中になってしまったから」

「そ…そんな」

　フロリアンはいやいやする。

「瞳が潤んできたたな。朝露に濡れた葉のようなきれいな緑色だ」

「……お、王子の目もきれいです」

「今わたしの目にはお前しか映っていないだろう？」

フロリアンは頷く。

「お前の目にもわたししかいない。あぁ、どうしてこんなにも愛おしく思うのか！」

王子はフロリアンを抱き寄せた。

フロリアンも彼の身体に手を回した——着衣のときには細身に見えるが、しっかりと筋肉のついた成人した男の肉体なのはすでに知っている。

（乗馬と剣術で鍛えた身体……僕もこんなふうになれるだろうか、いつか）

そうすれば、もっと王子の側にいられるのかもしれない。従者のラウールは一角獣に乗れないから、常に彼に付き添えるとしたらフロリアンだ。

髪を撫でる手の大きさも好ましかった。

少し抱擁が緩まり、フロリアンの反応を見つつ、そろそろと探索が始まった。

リュシアン王子はフロリアンの背中を撫で上げ、尖った肩を大きな掌でくるみ、鎖骨を伝って、首へ……。

「……華奢だなあ、少年って感じだ」

「嫌…じゃないです？」

「嫌なもんか。誰よりもきれいで、可愛らしい。神話に出てくる神々に愛された美少年は、きっとお前のような姿だったろうよ」

長い指で耳をくすぐられると、フロリアンは喉を震わせた。

その喉にもキス。

そして、首筋のキスに無自覚だったくすくす笑いが止まった。

「あっ」

瞬間的に、胸がきゅうっと甘く絞られた。

苦しいわけではない。なにか、もっと切実な…欲求とでも言うべきものに心が染まった。

染まったのは心だけではなく、頬や耳、首までに熱を感じた——たぶん、ほんのりと染まっているだろう。

「ここが感じる？」

恥ずかしいと思いながらも頷いた。

「ここは？」

王子はときどき問いかけながら、フロリアンの額から平らな胸まで所嫌わずの口づけをした。

びくん、びくんと身体が撥ねる。

いくつもの小さな衝撃に襲われるうち、身体の均衡が保てなくなってきた。

リュシアン王子が支えてくれているなと思ったが、気がつけば、フロリアンは王子の膝の上に横座りに抱かれていた。

豪華すぎる椅子だ。

胸から上が湯から出てしまっていても、寒さはほとんど感じなかった。

王子は口づけを繰り返しながら、湯の下にあるフロリアンの身体を探索する。

真水を湧かしたものよりも少しぬめりのある湯で、肩胛骨の下から脇腹、太腿などを撫でていく。

湯が白く濁っているため、リュシアン王子の手がどう動くのか予測が出来ない。

触感が全てだ。

「あ、あ…っ」

際どいところを行き来する手に、まだ全く触れられてもいないそこが変化しかけた。

「どうした？」

「……」

フロリアンは深く俯き、顔を上げられない。

「どうしたんだい？」

二度目の問いには、蚊の鳴くほどの声で答えた。

「こ…困ったことになってきました」

言った途端、もっと困ったことになった――足の付け根が痛くなるほどに急激に堅くなったのだ。

「触ってもいい？」

ダメダメと首を横に振った。

「どうして？」

「お…お手を汚しちゃいますもの」

「お前の手は汚れるかい？」

そう言って、王子はフロリアンの手を自分のそこに導いた。

「！」

驚いて、フロリアンは熱いものを触ったときのように手を引っ込めそうになった。

しかし、リュシアン王子はフロリアンの手を捕まえていた。

「今わたしはどうなってる？」

フロリアンは生唾を飲んだ。

決心して、王子の熱く反り返ったものに自分から指を絡めてみた。

「……す、すごい」

それしか言えなかった。

辛うじて自分のものには触るものの、他人のものに触れたことはなかった。

大人の男のものが変化したとき、どこまでになるのかは知らなかった。

生々しい感触ではあるが、嫌悪感はない。

（熱くて、どくどくいってる）

掌にあるのは王子の一部分でしかないのに、命そのものを手にしたような危うさと誇らしさ、切なさが入り混じった感情が湧いてきた。

もう握ったものから手を放せなくなり、困惑したフロリアンはリュシアン王子の顔を窺（うかが）った。

王子は言った。

「動かしてみるかい？」

「ど、どうすれば……――」

「男の身体は単純なもんだよ」

王子は言って、そこを握るフロリアンの手を自分の掌で覆い、やり方を教えた。

間もなく、リュシアン王子の呼吸が速くなった。

フロリアンは尖った彼の喉仏が上下するのを横目で見た。

（気持ちい…みたい）

気持ち良いと感じてくれるなら、こんなに嬉しいことはない。

「……お前のも触っていい？」

掠（かす）れ声で問われた。

「え？　あ…ダメ、です」

慌ただしく、フロリアンは首を横に振った――王子にそんなことはさせられない。

「わたしが感じている気持ち良さをお前にも感じさせたいよ。ダメかい？」

「そ、そんな……いい、です。ダメ。い、嫌…ダメですったら！」

フロリアンの抵抗にも構わず、王子は少し強引にそれを探ってきた。

握り締められ、四肢に緊張が走った。

しかし、王子は強くはせず、やわやわと感触を味わうように掌で揉み込むだけだった。

「……うっ、う…ん」

初めて他人に触れられた――それも、好きな人に。

ショックはあっても、万に一つも傷つけないように細心の注意で扱われているのは察していた。

行為自体の快感も小さくはない。

しかし、フロリアンの身も心も蕩けさせたのは、リュシアン王子の心遣いだった。

（す、すごい……僕、どうにかなっちゃいそうっ）

まだ掌の中に王子がある。

滞りがちだが、自分がして貰っているように行為をなぞった。

しかし、大人の王子にはもどかしかったのかもしれない。

彼がフロリアンの位置を変えるのは、浮力があるので簡単だった。片方の足を持ち上げつつくるりと回し、王子の膝に跨る形で向かい合わせに。

フロリアンの恥ずかしさを和らげるかのように、またじっくりと口づけが交わされた。

リュシアン王子はフロリアンの上と下の唇を交互に啄み、少し開いた口から舌を差し入れた。

口腔を蹂躙する舌を追い、どうにか捕らえたところでフロリアンは吸い上げた。

零れた唾液が顎を伝う。

しかし、口づけは止められない。

唇をフロリアンに任せ、その間に王子はフロリアンのそれと自分のそれをまとめて手にした。

これ以上ないほど熱く反り返った二本の肉を湯のぬめりを借りて擦り合わせ、同時を目指して追い上げていく。

射精の経験がないフロリアンは強い刺激に耐えられず、ついに啜り泣きを始めた。

合わせた唇から、嗚咽が漏れる。

「……こ、こわいっ」

「大丈夫だよ、わたしが一緒だ」

唇を離し、王子は涙と汗で濡れたフロリアンの顔を覗き込んだ。

「止める？」

しゃくりあげつつも、フロリアンは首を横に振った。

「……い、一緒？」

「一緒だ。わたしたちは同じ経験をするんだよ」

王子の包み込むような青い瞳。

「それなら…きっと、大丈夫ですね」

「いい子だ」

小さくキスを繰り返しながら、リュシアン王子は再び絶頂を目指し始めた。

だんだん動きが速くなり、フロリアンは王子の首にしがみつく。

「あ…ん、んんっ」

この強すぎる快感から逃れるには、溜まりきったものを出すしかないと分かってきた——それはすぐなのか、まだまだなのか。

王子の呼吸が荒くなった。

合わせようという気はないものの、ハアハアと二人の吐息が唱和する。

限界が近づいてきた。

フロリアンはリュシアン王子に腰を突き出す形に臀部(でんぶ)を落とし、背中をぐいっと反らせた。

星空が上に広がっているのを認める。

いきなりだった。

「……っあ、ああぁーっ」

堪えようもなくぶるると下肢に震えが走り、迸(ほとばし)ったもので先端が弾(はじ)け飛んだかと思った。

強烈な解放感は受け止めがたく、思わず泣き出してしまった。

しかし、身体の中心から広がっていく愉悦に、すぐに涙は引っ込んだ。

さらに一呼吸後、顎を拭め、白い液体が目の先を飛んでいくのを見た。

(僕の？　いや、違う…これは王子のだ)

フロリアン自身が放ったものは、とっくに温泉の湯に混じり込んでしまっているはずだ。

顎に手をやると、白い液体の一部が付着していた。うっとりした気分のまま、フロリアンはそれを口に運んだ。

啜るほどの量はないので、舌先で舐め取った――春先の木の芽の匂いを思わせる何やら真新しい味がした。

ふと顔を上げると、痛みを堪えるような表情を浮かべた王子がそこにいた。

慰めなくてはならないと思った。

それなのに、かえってリュシアン王子の方がフロリアンを気遣ってくれた。

「大丈夫かい、フロリアン」

心配して貰うようなことは何もない。どこも傷ついていないし、痛い思いもしなかった。ただ快感の強さに驚いただけである。

フロリアンは言った。

「僕、王子が好きです」

男の身体で、王子を好きになった――これまで通りの自分のままで。

そして、男の身体でも睦み合えるのを知った。

王子は頷き、フロリアンの睫毛についた涙の粒を唇でそっと吸った。

彼の痛みを堪えるような表情はまだ続いている。

溜息を吐いてから、王子は言った。

「……なんて可愛いんだろう、フロリアンは。こんなに誰かを愛おしく思うことがあるなんて、わたしは想像もしたことがなかったよ」

「そうですか？　でも、王子はクレメンタインがお好きなんでしょう？」

「そりゃ、彼女は母親のようなものだから……いや、違うな。わたしの男としての最初の夢に出てきたのは彼女だ」

「僕はクレメンタインの次でも構わないです」

「いや、そういう話じゃないよ」

リュシアン王子は困惑に眉を顰め、眉間に縦皺を作った。

(困らせるつもりなんかないのに……)

しかし、難しい眉間の皺すらもフロリアンには好ましいのだ。

手で触れて、伸ばしてあげたい。

「僕は男だから沢山は望みません。ときどき会って、遠乗りしたり、お話したり……出来れば、剣の稽古をつけて貰えたらそれでいいです」

「ささやかな望みだなぁ、フロリアン。それでいいのかい？」

「一国の王子をほんの一時でも自分だけのものにする時間を要求してるんです。充分贅沢な望みだと思いますけど……」

「そう思ってくれるのは、有り難いやら……いやいや、実に心苦しい。でも、わたしは今、そのくらいしか約束は出来ないからな。あぁ、可愛いフロリアン。わたしは望まない方向に歩いてきてしまっている。どうして世継ぎになり、結婚までしてしまったのだろう」

リュシアン王子はそう言って嘆いたが、世継ぎになったこと、結婚したことは、父親であるフィリップ七世の意向によるところが大きい。

逆らえなかったのは、ずっと父親と暮らせなかった王子の心に巣食う幼い悲しみのせいだったかもしれない。

フロリアンは言った。

「フローラ王女がアヴァロンに輿入れすることにならなければ、僕は今ここにいなかったです。出会いを否定しないでくださいな」

「そうなんだよな」

リュシアン王子はフロリアンを抱き寄せ、目尻にキスした。

「この緑の瞳がいけないいんだ。わたしの心を鷲摑みにしてしまう」

「僕の目が？」

「こんなに幼い顔立ちなのに、このエメラルドのような緑色の瞳の中に何か…古いものが潜んでいるのを感じるんだ。先祖がかけられた魔法の影響で動物と話せると言っていたが、フロリアン、それだけじゃないんだろう？　話せないことなら、話さなくてもいいよ。その魔法がこの瞳の中に見え隠れしているのが分かるんだ。お前をもっと知りたく思うよ、フロリアン」

「……ある意味、王子はもう誰よりも僕をご存じだと思いますけど」

目を合わせ、二人は微笑みを交わした——想い、想われている者たちの密やかな確認だ。

そして、極めて冷静に、丁寧な口づけを交わした。

「あらゆる問題が片付いたら……フロリアン、お前を側近く置けるようにしたい」

リュシアン王子の言葉は痺れるほど嬉しかったが、フロリアンの抱える問題が片付くことはあるのだろうか。

フロリアンはただ微笑んだだけで、同意まではしなかった。

（……そんなの無理だ）

世継ぎの王子に同性を側近く置くのは許されることではないだろう。

許されたとしても、フロリアンは王妃になる女性と彼を分け合うことに耐えねばならない。

そんな生き方は、グロリア王女として生まれ、育まれたフロリアンに似つかわしいとは誰も言わないに違いない。

（でも、選ぶのは僕だ）

たった一度の人生である。

ふっと両親の顔が頭に浮かんだ。母イザベラは悲しそうな表情で、ゆるゆると首を横に振っていた。

4. 盗まれた百合

ウィスラの温泉で数時間を過ごし、リュシアン王子とフロリアンはまたアイザックに乗って北の都ノストラに戻ってきた。

夜明けまではまだ少しある。

都の外縁の集落は、明け方まで続く例年通りのお祭り騒ぎの最中だったが、都の中心部に近づくにつれ、人通りが見られなくなった。

雪掻きされた道には人っ子一人出ていない。

レンガの街並みからは灯りが消え、王城だけがぽうっと浮かび上がって見える。

一際気温が下がっているように感じられた。

「……何かあったのだろうか」

王子の呟きに応えることは出来なかったが、フロリアンは注意深く辺りを見渡した。

噴水広場に出ると、そこに憲兵隊の一群がいた。

隊長らしき男が気づいた。

彼はアイザックの前に進み出て、リュシアン王子に敬礼した。

「ご無事で何よりでございます、殿下」

「わたしは所用で数時間ノストラを離れていたので、状況がまるで摑めていない。何があったんだ？」

「王城にドラゴンが出現したのであります」

「な、なんだって!?」

この五十年もの間その姿を見られたことはなく、ドラゴンは絶滅したのではないかと言われていた。

ノストラの中心部を担当する憲兵隊の分隊長は、突然現れた幻獣について王子に報告した——ドラゴンは王城の一角を破壊した後、街を掠めるようにして飛んでいったという。

彼ら分隊は一般人に自宅待機と消灯を促し、一旦集合したところだった。

「王城は近衛隊が？」

「はい。王族方を地下壕に、貴族の方々は近くの大聖堂やウィード伯爵邸にご避難いただくことになったと聞いております」

「怪我人は？」

「わたくしが聞いた限りでは、ご婦人がお一人ドラゴンの爪にかかって亡くなられた他、崩れた塀の下敷きになって重軽傷を負われた方が数名おられるようです」

「分かった。わたしは一度王城へ戻る」

「護衛をおつけいたしましょう」

「いや、いいよ。わたしのユニコーンについてこられる者はおるまい」

　アイザックに出発の合図をしかけ、今一度リュシアン王子は分隊長に質問した。

「お前はドラゴンを見たか？」

「はいっ、東に向かって飛んでいくところを見ました」

「色は？」

「黒です」

「……黒か」

　アイザックが走り出した。もう城は目と鼻の先だが、王子は全速力を命じた。

　走る一角獣に揺られ、リュシアン王子に後ろから抱かれながら、フロリアンは一心にアデルや国王一家の無事を祈っていた。

　目にしたわけではないので実感には乏しいものの、ドラゴンの出現はとんでもないことなのだ。

　かつてドラゴンは戦争において兵器だった――火を噴いて一つの町を一瞬のうちに焦土と化すなど、大砲五十門以上の威力があったと言われる。

一角獣やペガサス、ハーピーなどと同じ幻獣目に属するドラゴンと主従関係を結べるのは、魔法使いに限られる。

そんなわけで、先の戦争のときは各国王室が宰相あるいは軍事顧問として魔法使いを雇い入れた。

戦後、甚大な被害をもたらした自分たちを恥じ、多くの魔法使いたちが眠りに就いた。その際、主従関係にある幻獣たちをも一緒に眠らせた魔法使いが多かった。

とにかく、この数十年間、ドラゴンを見た者はいなかった。

『よりにもよって黒か』

アイザックの呟きが聞こえてきたのに、フロリアンは尋ねた。

（黒ってよくないの？）

アイザックは答えてくれた。

『ドラゴンは自分の好きな色に身体を変えることが出来るが、黒色のやつってのは、完全に主人に支配され、自分を失っていることが多いんだ。死ぬことすら怖がらないから、命令を遂行するためなら何でもする』

（それは、まずい…ね）

『そいつの主人もろくな魔法使いじゃないぞ』

のっぴきならない状況を察してフロリアンが息を飲んだとき、王城の正門前に到着した。

正門は閉ざされていたが、門番に声をかけることなく、とりあえず塀の周りを一周してみることに。

『酷い匂いだ……生臭い匂いがする。それと、爬虫（はちゅう）類の尿の匂いだ』

鼻をヒクヒクさせながらアイザックが言ってきたが、言われるまでもなくフロリアンも匂いには気づいていた。

半周ほど来ただろうか、ドラゴンに破られた塀に出くわした――ちょうどボールルームに面した庭園のところである。

リュシアン王子とフロリアンはアイザックの背から滑り降り、雪に残されていた巨大な足跡を確認した。

このドラゴンはかなり大きい。

「……まずはここを崩し、ボールルームに突っ込んだんだな」

庭園は目を覆わんばかりの有様だった。

雪の下の芝生までが剝がされ、灯籠や石像、上木は全て無惨に倒されていた。

ボールルームは半壊し、粉々になったガラスや壁材が散っている。

そして、ところどころに血痕が。

興奮したドラゴンが尿をまき散らしたらしく、酷いアンモニア臭も充満していた。

王子がうろこと思われる掌大の黒い半透明のものを拾い上げたとき、塀の外側から近衛隊の一団がやってきた。

フロリアンも顔見知りの副隊長が進み出た。

「殿下、ご無事でしたか！」

「何があったかはおおよそ聞いたが、みんなは無事か？」

「そ、それが……――」

苦しそうに、彼は続けた。

「陛下ご夫妻、アンリ王子、王女さまたちはご無事だったのですが……ああ、申し訳ございませんっ。フローラ妃が掠（さら）われてしまいました。今、近衛隊長とラウールさまが追っています」

「掠われたって、誰にだ？」

「ドラゴン出現のどさくさに紛れ、押し入ってきた者たちがいたのです。山賊…いや、あれはテロリストでしょう」

　フロリアンは頭から血が下がるのを覚えたが、必死に足を踏ん張った。

（ア、アデルが。アデルを助けにいかなきゃ）

　心の中でスイートブライアに語りかけながら、いつもの口笛を吹いた。

（産後間もなくで悪いけど、すぐに来て！　僕は行かなきゃならないんだ）

　百も数えないうちに、スイートブライアはゆらりと現れた。

　力のある幻獣たちは時間と空間の狭間を抜ける術を持っている。いざとなればそれを使い、どこにでも現れることが出来るのだ。

　そして、スイートブライアはフロリアンの心を読むことも出来た。

　詳しい話は必要なかった。

『アデルの匂いを追えばいいのね？　急いで乗って。早くこの酷い匂いから離れないと、わたしの鼻がおかしくなるわ』

　フロリアンは近衛隊の一人の腰から剣をすらりと抜き取り、スイートブライアに飛び乗った。

　その途端、雌の一角獣は走り出した。

　ノストラの街を抜け、雪の山脈の入り口へとひた走る。

　雪道に入りかけたところで、追ってきたリュシアン王子とアイザックに合流した。

「待て、フロリアン！　一人で突っ走るな。この手の救出にはタイミングってものがあるんだ」

「でも、アデルが…早く、早く助けなきゃ。怯えて、泣いているかもしれない。アデルは僕の代わりって以上に大切な人なんだ」

「アデル？」

王子に聞かれ、フロリアンは一気に落ち着きを取り戻した。

「あ…すみません、取り乱しました」

リュシアン王子を冷たい人間だとはもう思っていないが、王子妃の身代わりにすぎない者を危険を顧みずに助けてくれとは言えない。

アデルを助けるためには、彼女が身代わりの妃であることを決して口にしてはいけない。

スイートブライアがアデルの匂いを追ってきたように、アイザックはラウールの匂いを追ってきていた。

しばらく行ったところで、アイザックはラウールと近衛隊長の二頭の馬が繋いであるところを苦もなく見つけた。

そこでフロリアンとリュシアン王子はそれぞれの一角獣の背から降りた。

『この先の茂みの中に二人が隠れている。なるべく音を立てずに行くといい』

『ここで待っているから、突入時には呼んでね』

『そうだ、オレたちが戦えることを忘れないでくれよ。額の角があるし、蹴りには自信があるからな』

アイザックが教えてくれたように、ラウールとギーズ隊長は茂みの中に身を潜めていた。

彼らの視線の先には小屋があった。

小屋には大きな窓があり、そこから中の様子が窺えるのか、ギーズ隊長が双眼鏡を覗いていた。

「フローラはあの小屋の中か？」

リュシアン王子の声かけに、二人は振り向いた。

「お…王子！　わざわざこんなところへ…――」

「フローラはわたしの妻である前に、グロリア国王の娘だ。掠われたとあっては国際問題となろう。必ずや奪還せねばな」

「おお、お許しを……」

ギーズ隊長は額を冷たい雪に突っ込むようにして平伏した。

「目の前でお妃を掠われたのはわたくし一生の不覚。斯(か)くなる上は、命をかけてお助けする所存でございます」

隊長の肩を叩き、顔を上げるようにと王子は言った。

「たった二人で突入しようとは勇気があるが、成功率を上げるにはもっと人手がいるはずだ。わたしとフロリアンは足手まといにはなるまいよ」

「しかし、危険でございます。あなた様は世継ぎの王子。ノストラにお戻りになって、お待ちいただいた方がよろしいかと……――」

リュシアン王子の後方にいたフロリアンを目にし、ラウールが呟いた。

「あ、あなたまで…お越しになるとは…――」

彼は知っている、とフロリアンは直感した。

アデルが話したとは思えないが、ずっと接していたことで察したことがあったのかもしれない。

「僕と彼女は姉弟同然。来ないわけないでしょう?」

ラウールは首を横に振った。

「彼女の気持ちを考えれば、あなたはここへ来るべきではない」

王子と近衛隊長は突入の計画を練り始めた。

小屋の中には多く見積もって、二十人ほどの男がいる。外に繋がれている馬は八頭だ。

フローラ妃として掠われたアデルは椅子に座らされていた。双眼鏡で見る限りでは、両手を後ろで縛られているようだ。

そして、男たちはどこぞで奪ってきた酒を飲んで騒いでいた。

もうすぐ夜明け。

その前に、馬たちが騒ぎ出さない程度まで近づいておきたい。

四人はじりじりと小屋に近づき、入り口の目の前の茂みとその横にある大木の後ろに位置を取った。

窓の中がよく見えた。

多くの男が酔い潰れ、床に転がって眠り始めていた――剣は乱雑に床に投げ出され、自分の近くに置くという嗜みが見られない。

「……舐められたものだな」

リュシアン王子が唸るように低く言った。

「数は多いですが、とても手練れの者とは思われません。…となると、みすみすフローラ妃を連れ去られたことが悔やまれてきますが」

「見るからに山賊という者に混じり、インテリ臭いのもちらちらいますね。指導的な立場の者？　果たして、どういう集団でしょうか」

「捕まえてみないことには分からんな」

突入は、まだ飲んでいる男のうち、最も身体が大きい者が酒瓶を置いたときと決めた。

空が明るくなってきた。

飲んでいる男が三人になると、彼らはアデルに絡み始めた。

立たせたアデルのドレスを捲ろうとしたり、酒を唇にあてがったり……自分の膝に座るように強要され、アデルはいやいやと首を横に振った。

それが気に入らなかったのか、件の身体の大きい男はアデルの縺れた髪を一房摑み、剣でばっさりと切ってしまった。

（な、なんてことを……！）

フロリアンは息を飲んだ。

息を飲むどころか、ラウールはカーッと紅潮し、茂みの中から飛び出していった。

「許さんッ！」

誰の制止も間に合わなかった。

それを機として、全員でラウールに続いた。

ラウールは窓を蹴破り、そこから小屋の中へ突入した。リュシアン王子、ギーズ隊長がそれを追った。

フロリアンは外に繋がれていた馬たちの手綱を切り、一角獣たちに追い立てさせた。

小屋の中で、ラウールは鬼神のごとき働きを見せた。

物腰が柔らかい高位の貴族のお坊ちゃんという風体ながら、彼はアデルが盾(たて)にされそうになったと見るや、無法者の脇腹を短剣で深々と突き刺し、彼女を自分の腕の中に掠い込んだ。

扉に向かって下がりながら、長剣を振るい、向かってくる者全てを薙(な)ぎ払った。

フロリアンは外から扉を開け、アデルごとラウールを戸外に逃がした。

中に入って小競り合いに参戦しようとしたが、もうほとんど勝負はついていた。

酔い潰れた者のほとんどはまともに戦えず、少し動いては血反吐(ちへど)を吐く始末。辛うじて剣を振るえる者もいたが、もはやリュシアン王子やギーズ隊長の敵ではない。

扉や窓から逃げようとしたインテリたちは、一角獣の角に怯え、また小屋の中に戻るしかなかった。

総勢十八名の手足を四人でぎりぎりと縛り上げた。

「お前たちの頭目は誰だ？」

リュシアン王子の問いに、全員が首を横に振った。

しばしの思案の末、ギーズ隊長は怯えた顔をした最も小柄な男を選んだ――自分の馬に乗せていくためである。

　まずはこの男を質問攻めにし、もし口を割らないようであれば拷問を加えながら事情聴取を行うつもりである。

　他の男たちはとりあえず小屋に置き去りだ。後で憲兵隊に迎えにこさせればいい。

　救出されたアデルは、ずっとラウールにしがみついていた——夫であるはずのリュシアン王子は少しも気にしていなかったが、ギーズ隊長だけは少し気にしたかもしれない。

　ようやっと落ち着きを取り戻したとき、アデルはこの場にフロリアンが来ていたのに気づいた。

　アデルはラウールから離れ、フロリアンに抱きついた。

「フ…フロリアンさま、な…なぜ来たの？　危ない目に遭うかもしれなかったのに……！　だって、そのためのわたしでしょう？　あなたは安全な場所にいてくれなくっちゃならなかったのに」

「掠われたアデルを僕が放っておけると思う？」

「でも、こんなことをしないで……あなたの身に何かあったら、わたしはグロリアに二度と戻れません。おお…お立場を弁(わきま)えてくださいな」

「立場なんて……僕がこんな身体に生まれついたから、アデルに怖い思いをさせてしまう。ごめんね、アデル」

「それは言わない約束でしょ」

「だけど、きれいな髪が無惨に切られてしまって……僕は」

「大丈夫、髪はすぐに伸びますわ。フロリアンさまだってそうだったでしょう？」

　お互いの無事を喜ぶあまり、二人は他三人への配慮を忘れていた。

「どういうことだ？」

リュシアン王子の訝しみに気づくと、アデルははっと口を閉じた。

「フロリアンはなぜフローラをアデルと呼ぶ？　フロリアンの身代わりがアデル？　ならば、フローラは？」

一口に説明出来ることではない。

王子の質問を後まわしにしてのけたのはラウールだった。

「ついては、ややこしい事情がございますようで……詳しいお話は、城に戻ってからにしましょう」

ラウールはチラと近衛隊長に目をやり、彼には聞かせられない話だと暗に示唆した。


一同はノストラに向かって、それぞれの騎獣を走らせた。

アデルはフロリアンと共にスイートブライアに乗っていた。

正規の山道に出たときだった。

いきなり空が小暗くなった。

「ドラゴンだ！」

巨大なドラゴンが飛んでいく姿を真下から見た。

ドラゴンはアデルを掠った者たちの小屋をめがけて木々を薙ぎ倒しながら降下した。

「見てくるっ」

アイザックをその場近くまで戻らせたリュシアン王子は、驚くべき光景を目にすることになった。

ドラゴンは破れた窓に火を噴き入れ、中にいた者たちを生きながら焼いた後、小屋を足で踏み潰したのである。

炎は踏み消されたため、山火事は引き起こされなかったが、小屋に残した罪人たちは誰一人として助からなかった。

ウオォ――ッ！

ドラゴンの身の毛がよだつような咆吼が山々にこだました。

そして、黒いドラゴンは東の方向に飛び去った。

その背に一人の人間らしきものが乗っているのを見たのは、ギーズ隊長だった。

「あ、あれは誰だっ!?」

誰に向けたわけでもない問いに答えたのは、彼の馬の尻近くに括り付けられていた生き残りの男だった。

「おお、ギゼルベルト様」

「ギゼルベルト？」

「そうだ、知らないのか？」

男は誇らしげに言った。

「我らがゴルマン帝国の指導者にして、至上最高の魔法使いだぞ」

その場にいた誰もその魔法使いについては何も知らなかったが、ギゼルベルトという名の不気味な響きは心に深く刻まれた。

＊＊＊

フローラ妃が無事に戻ると、地下壕で眠れぬ一夜を明かした国王一家は大いに喜んだ。

しかし、山賊どもに無惨に髪を切り落とされ、着崩れたドレスにラウールのマントを被った〝フローラ〟はしどけない様子だった。

「おお、可哀想に……こんなに髪を切られてしまって。他に怪我は？」

「だ…大丈夫です、髪もすぐ伸びますので。みなさまには大変ご心配をおかけしました」

「少しワインでも飲んだらいい。こういうときはウイスキーもいいぞ」

「お心遣い、ありがとうございます。でも、今は何も……──」

王太子妃フローラは勧められた朝食にも手をつけず、夫のリュシアン王子とラウール、従者に付き添われ、自分の部屋へと引き上げていった。

最後尾を歩きながら、フロリアンは肩を竦めた。

(上手に隠してたけど、カタリナ王女は嬉しそうだったな)

涙を流さんばかりに無事を喜んでくれたアマーリア王女の後ろで、長女で未亡人のカタリナ王女は痛ましそうにアデルを見つめていた。

どうかすると、笑みの形になってしまう口元を隠しながら……。

他人の不幸を喜ぶようでは、まだまだ彼女に幸せはやってこない。

それを目にして、ついにフロリアンは決心したのだった──自分の代わりをアデルに務めさせるのはもうやめなくては、と。

(アデルは幸せになるべき女の子だ。そのチャンスを逃させてしまうわけにはいかない)

まずはリュシアン王子に全てを告白しなければならない。

王子は騙されたと怒るだろうが、アデルを解放し、ラウールと添わせるためには避けられない。

自分は離婚という形で、グロリアに帰ることになるだろう。

そうなっても、グロリアとアヴァロンの友好的な関係だけは保持出来るように頼み込まねばならない。

そのためなら、グロリア王族の珍しい土下座を披露することになっても構わない。

アデルが入浴と着替えを終えてから、午前中の柔らかい光が差し込む王太子妃のリヴィングに四人――リュシアン王子とラウール、フロリアン、もちろんアデルが集まった。

温かいお茶と軽食を持ってきた部屋づきの使用人を下がらせてから、まずラウールが切り出した。

「わたしの母は、結婚前の若い娘だった頃、グロリア国のリーニュ侯爵家に身を寄せていたことがありました。そこにはご高齢の侯爵の姉上が病に伏せられていて、話し相手になった母を大層気に入り、国王一家の乳母をしていた頃の話をしてくれたそうです。本当は、誰にも口外すべきことではない内容だったのですが……」

フロリアンは頷いた。

これで、ラウールがグロリア王家に生まれる性別の不安定な赤ん坊について知っていたのがはっきりした。

まだ話の方向も内容も分からないリュシアン王子は、ラウールとフロリアンを交互に見るだけだ。

フロリアンはまず要点をずばりと言った。

「リュシアン王子、僕はあなたを欺きました。あなたと結婚したフローラ王女は僕です。僕がグロリア国王の第四子、フローラ王女なんです」

「……な、なんだって？」

リュシアン王子は驚くどころか、理解しがたいとばかりに首を横に振った。

「だって、フロリアンは男の子だろう？　わたしは知っているぞ」

彼には全裸を晒したし、触れられてもいる。信じて貰えないのは当たり前だ。

「少なくとも、生まれたときの僕は女の子でした」

フロリアンはグロリア王家の血筋に残る古い魔法について語った。

物心ついた頃には男の身体でいることが多かったこと、覚えている限りでは三回だけ女の身体に変わったことがあると包み隠さず。

「アヴァロンから結婚の申し入れがあったときも男の身体でしたけど、王子に一目惚れして一度は女になっていましたし、過去のそうした王女たちもみんな幸せな結婚をしています。初夜までには変化するだろうと踏んで、結婚の申し入れに承諾しました。しかし、もしも変わらなかったときに備えて、幼馴染みでそっくりな伯爵令嬢アデルを連れてきたのです」

「………」

「これは国際問題になりましょうね……つまり、グロリアが大国アヴァロンを欺いたと――」

そこで、リュシアン王子は遮った。

「初夜のベッドにいたのはどっちだ？」

「僕です」

フロリアンは即答した。

「そのときの身体は？」

「男でした。でも、変わりそうな感じはあったんです」

「………」

リュシアン王子の沈黙を誰も破ることは出来なかった。

一つ溜息を吐いてから、彼は口を開いた。

「思えば……わたしはお前を妻として抱かず、それどころかまともに顔を見ることもしなかった。五年でグロリアに返すと勝手な約束をし、部屋を出たんだ」

「ショックで、僕は自分で髪を短く切りました――

男として生きる、と」

「……」

「だから、翌日からはアデルがフローラになるしかなかったのです」

「おお」

リュシアン王子は頭を抱えた。

「わたしは……わたしはただ、幼い娘が上手く言い含められ、政略結婚にのっかってきたのを哀れに……いや、哀れじゃない、馬鹿にしていたんだと思う。自分の選んだ女を妻にしたいと願っていたが、それが出来ない自分に苛立ち、外国から来た年若い妻に八つ当たりをしたんだ。艶香などを焚いて小賢しい、と。わたしは優しい夫になることを拒否した」

フロリアンとアデルは顔を見合わせた後で、ラウールに視線を投げた——慰めてあげていいんじゃないかな、と。

「その気持ち、わたしには分かっていましたよ。わたしはずっと王子と一緒でしたから……でも、お世継ぎの王子の結婚となればそうもいきません。ご自分が選んだ方でなくても、あなた様にはお幸せになって欲しいと心から思っていました。それなのに、初夜のためにわたしが選んだ香が、あなたのお気に障ってしまうとは……わたしの失敗です。どうか……どうか、お許しください」

「いや…いいんだ、もうそんなことは。ラウール、従弟にしてわたしの腹心の友よ」

リュシアン王子は顔を上げ、縋るような目を幼馴染みに向けた。

「お前はいつからフローラがアデルだと分かっていたんだ？」

「はっきり分かっていたわけではありません」

ラウールは首を傾げながら、春にグロリアからフローラ王女が来訪したとき、違和感を覚えたのだと語った。

彼は山賊に襲われて怯えていたアデルと一緒に馬車に乗り、ノストラへと向かっている。そして、最後の晩餐会では王子の代わりに彼女とずっと踊っていたのである。

「顔がそっくりの双子でも、どちらか一方と仲良くなれば見分けがつくようになるものです。毅然とした王女とたおやかな王女……わたしは王女に二面性があるのかと思いましたが、二人いると思った方が自然でした。そして、いろいろと考えを巡らすうち、グロリア王室の不思議な赤ん坊の話を思い出したのです。そんな娘を持った父親がどうするかと考えれば、彼女が男になってしまっているときのために、身代わりを用意しておくのは必然でしょう」

ラウールの推量がほぼ確信に変わったのは、王子の結婚式のときに栗色の髪をしたアデルを見かけ、話しかけたときだったという。

少し青味が入った緑色の瞳のアデルこそ、ラウールが一緒に馬車に乗り、ダンスの相手をした愛らしい王女だった。

「お二人はそっくりなお顔立ちですが、こうして並べて見れば違いますね。雰囲気でしょうか。白薔薇と白百合ほど違って見えます」

「あなたのお好みはどちらです？」

フロリアンの問いに、ラウールはにっこりして言った。

「人それぞれ好みはありましょうが、わたしは山の谷間にひっそりと咲く白百合が好みです。ようやく真実の愛が見えてきました」

ラウールは立っていき、アデルの前に膝をついた。

「アデル…あなたは、本当はアデルという名前なのですね」

「は、はい」

「あなたが王太子妃の役を続けている限り、わたしは口が裂けても言うまいと思っていましたが……わたしはあなたに恋をしてしまいました。あなたが王太子妃でなくてよかった。この気持ち、受け取っていただけませんでしょうか」

「わ…わたしもラウールさんが好きです。初めてお会いしたときから、ずっと…」

アデルは言ったが、差し出された手は握らなかった──手を差し出したい気持ちを抑えるかのように、自分で自分の手を握り締めた。

「でも、わたしはフロリアンさま第一なのです。フロリアンさまがお幸せにならないうちは、ラウールさんの元へは行けません」

「その気持ちは理解出来ます。わたしもリュシアン王子の幸せを確認しないうちは、あなたに結婚は申し込めませんから」

フロリアンはリュシアン王子の方を向き、どうするおつもりかと目で問いかけた。

リュシアン王子は両方の掌を挙げて見せた。

「降参だよ、わたしは降参しよう。どうしたらいいと思う、フロリアン…いや、フローラ」

リュシアン王子の恐れを知らない青い瞳が微かに揺れ、フロリアンに判断を委ねようとしてきた。

「フロリアン、と」

フロリアンは訂正した。

「男の身体の僕はフロリアンです」

「そうだな、わたしが可愛がっていた少年はフロリアンだ。わたしは妃を無視したが、一角獣を駆る少年のお前には心を奪われたよ。妃と愛した少年が同一人物なら、わたしは望みを果たしたことになる。

そうだな？」

　リュシアン王子は他の三人に同意を求めた。

　三人は顔を見合わせ、目線を交わし合った後、代表してフロリアンが頷いた。

「問題は、僕が将来的にも女性になるかどうか分からない、ということでしょうね」

「構わないよ。お前が男の子でも、わたしは全然構わない」

　王子は言ったが、フロリアンは首を横に振った。

「世継ぎの王子の妃は、子供を産まなければなりませんから」

「弟のアンリがいるさ。十年経っても子が出来なければ、わたしが王太子を下りても誰も文句は言うまいよ。アンリも大人になっていよう。まあ…その前に、お前が女性に変わって、子を産んでいるかもしれないし。未来は分からないものだ」

　リュシアン王子はフロリアンに向き直った。

「男であろうと、女であろうと、お前はお前だ。中身まで変わったりはしないのだろう？　わたしはお前をずっと愛するよ」

　一番望んでいた言葉を貰い、フロリアンは感情の高ぶりに小刻みに震えた。

「……グロリアに返されるかと覚悟していました。だって、それが自然ですから」

「帰すものか」

　王子は両腕を広げ、フロリアンを招いた。

　吸い込まれるようにそこに飛び込むと、リュシアン王子の体温と匂いにすっぽりと包まれた――あまりにも幸せで、新たな震えが起きた。

「さあ、お前らも行け。公爵邸でもラウールの私邸でも、どこへでも」

　しっしと手で払う仕草をしながら、王子は腹心の部下とその恋人に言い放った。

「王太子妃は二人も要らない、もうアデルはここに置けまいということだ」

　やっとアデルはラウールの手を握ることが出来た。アデルを抱き、ラウールが一礼する。

「お二人に感謝いたします」

「……フロリアンさま」

　愛しい人の腕に抱かれているのに、アデルの瞳は涙でいっぱいだ。

「何も心配することはないよ。アデルは自分が幸せになることを考えて。僕は大丈夫だから。これまでありがとうね」

「あ…あなたは、永遠にわたしの王子さまなのです。たった一人の。お元気でいてください、フロリアンさま」

「アデルを幸せにしてね、ラウール。そうしてくれないなら、スイートブライアが蹴りつけにいくよ」

「蹴られるのは勘弁です」

　赤毛の青年は華やかに笑い、アデルをしっかりと抱き直した。

　二人が部屋を出て、パタンと扉が閉まった。

　リュシアン王子は腕の中にいるフロリアンに口づけた。

　温泉で交わした熱いほどの唇が今は冷たい。温めるには繰り返し重ね合うしかないだろう。

　思うさま貪った後、額と額をくっつけた至近距離から王子は呟いた。

「……なんて一日だったんだろう」

　冬至の宴会、遠乗り、温泉、アデルの救出、そして秘密の告白……。

　心も緊張と解放を繰り返した。

「長かったですね」

フロリアンはしみじみと同意する。

目眩(めまい)がするほどの疲労を感じていた。

リュシアン王子が言った。

「さすがにわたしも限界だ。少しは眠らなければ……ああ、お前をわたしのベッドルームに連れていってもいいか？　片時も放したくないんだよ」

「あなたのしたいように」

リュシアン王子は妻であるフロリアンをひょいと抱き上げ、愛おしそうに頬ずりした。

「……わたしは馬鹿な夫だったが、これからは幸せな男になるだろう」

深い声は鼓膜を甘く震わせ、フロリアンの中に入ってきた。

心がめろめろに蕩けていくのを感じながら、フロリアンは幸せな溜息を吐いた。

5. 白薔薇の葛藤

　新年を迎えた途端、北の都ノストラはもちろん、アヴァロンでは東の都でも西の都でも雪の日が続いた。

　東西を走る山脈は雪を被り、その向こうにある国との行き来は一旦止まった。

　もちろん、その前に、アヴァロンとしてはそれぞれの国にスパイを放っていた。

　アデルを掠った集団からギーズ隊長が連れ帰った小男は、自分以外の者が全てドラゴンに消されたと知るやペラペラとしゃべった。

「西も東もアヴァロンを狙っているよ。だって、裏の指導者が同じだもんよ。東に続いて西の軍隊が整ったら、たぶん一斉砲撃だな」

　その裏の指導者こそが、ギゼルベルトという魔法使いだという。

　ギゼルベルトに雇われて、山脈に潜んでいた者たちはグロリア生まれの王子妃を掠ったのである。

　グロリア・アヴァロン両方の国から高額な身代金をせしめるのが目的だったが、それ以上に両国が揉める原因を作りたかったのだろう。

　失敗を悟ったとき、ギゼルベルトは自身が所有する黒ドラゴンで証拠隠滅を謀ったというわけだ。

　リュシアン王子はギゼルベルトについてクレメンタインに問い合わせたが、思いがけないことに、彼女は驚きを露わに絶句した――まさか、生きているとは思わなかった、と。

　多くは語らなかった彼女だったが、策を一つ授けてくれた。

『雪解けまで大きな動きはないと思うが、ヤツを足止めするために、とある噂を流しておくことだ』

その噂とは、グロリア国で眠っている偉大な魔法使いのヒルデガルドが目覚めた、というもの。

ギゼルベルトはヒルデガルドの弟子の一人で、この強大な力を持つ師匠を恐れているとクレメンタインは教えてくれた。

本当のところは、ヒルデガルドがどこで眠っているのか、まだ生きているのかすら分かっていないが、この噂がまことしやかに流れることでギゼルベルトは大胆な行動に移ることが出来にくくなる。

その他、この冬の間にアヴァロン王家が執政者として詰めておくべきことは、兵力の強化と所持している武器の見直しだ。いざというときの国民の避難も考えねばならない。

リュシアン王子と楽観的な国王とではこれまで意見の相違が生じることも少なくなかったが、さすがに王太子妃が掠われた件の印象は強く、国王が王子の主張に頷くことが増えた。

午前中の謁見が終わると、父子はほぼ毎日のように宰相や文官たちと執務室に籠もった。

会議が長引いて、執務室に昼食が運び込まれることも少なくない。

サンドイッチを齧りながら、王は王子に問いかけた。

「お前の妃はどうしてる？　年明けに聖堂で顔を合わせたときには面変わりして、なにやら別人のようだったが……」

「もう元気なことは元気ですよ。ご心配をおかけしております。ただ怖い思いをしたせいか、あまり外に出たがりません。わたしが一緒であれば、散歩くらいには出かけることもあるのですが」

「しばらくは仕方あるまい。夫として、つき合ってやるがいい」

毎週末の国王一家の食事会にフローラの欠席が続いており、他の王族からの批判はあるが、国王としては王太子が夫婦としての絆を築く方が先決だと思っていた。

これまでは外出が多く、妻の相手を公爵令息ラウールに任せ、またそれをフローラが喜んでいるのがいささか心配だったのだ。

王太子が自身の妃に構うのは歓迎である。

フローラはまだ幼いくらいだが、早い時期に子が出来るのは喜ばしい。グロリアの国王夫妻にも嬉しい報告が出来るというもの。

そんな国王の気持ちを見越し、リュシアン王子は新妻の愛らしさに参っている夫を演じている。

「食事会の欠席も続いておりますが、もう少し髪が伸びるまで待って欲しいと言っております。わたしは髪の長さなど気になりませんが、女は同性の前に不様な姿を見せるのは好まないのですね」

「それはそうだろう、フローラは好きでああなったわけではないし……。我々はその気持ちを分かってやらんとな。フローラには待つとだけ伝えてくれ」

「ありがとうございます」

会議の内容には大満足のリュシアン王子だが、執務室での食事はやはり味気なかった。

どうかすると飲みすぎてしまうワインは、自分で節制しなければならない。

塩が効きすぎているスモークサーモンとアボカドのサンドイッチを食べながら、王子は早くフロリアンに会いたいと思っていた。

演じるまでもなく、彼は新妻の愛らしさに参っているのだ。

(午前中は歴史だったな。食事も彼女と一緒だとすると、フロリアンは膨れっ面かな？)

ラウールがアデルを連れていってしまったため、妃の身の回りの世話をする者を新たに雇い入れた。

責任を感じたラウールが連れてきたのだが、長らく公爵家に仕えているという馬番の子供たち——男女の双子と、ファンドランドの学校に入るまでリュシアン王子とラウールの面倒を見ていた老いた女教師のガートルードだ。

成人したばかりの双子はくすくすと笑ってばかりいるが、その実口は滅法堅い。

ガートルードは南の都サーザでのんびり老後を楽しんでいたのを頼み込み、来て貰うことにしたのである。

双子のジャックとエラはフロリアンと早速仲良くなって、王太子夫妻専用の小さなパティオで雪だるまを作ったり、雪合戦をしたりして遊んでいる。

王城の一角である王太子の住居に籠もっていれば、ドレスを着る必要はない。乗馬パンツの上に柔らかいブラウスという少年らしい出で立ちで、自由闊達に振る舞う姿を誰も王太子妃とは思うまい。

一方、厳格な女教師のガートルードには厳しくされて、どうにかして勉強をさぼれないかと日々策を練っているフロリアンだ。

『アデルはいいなあ、先生がラウールだったんだもの。ガートルード先生は手強いよ』

『わたくし、悪戯坊主には慣れておりますのよ』

『その短い鞭でリュシアンをぶったの？』

『もちろん、ぴしゃりとやりましたとも。躾はその場でしなければ意味がありませんからね』

グロリアの王城で末っ子として可愛がられ、特異な身体を持ったことで甘やかされたせいか、フロリアンは王族としての振る舞いは身に着いていても、学問的知識がところどころ抜けている。

そこをガートルードは気に入らず、自分が教えるからには、王子と釣り合うくらいの教養を授けなければ…と思うらしい。

（午後はガス抜きに剣の相手をしてやろう。夜は見回りをかねて、遠乗りに行ってもいいしな）

リュシアン王子はどうにか会議を早く終わらせようと、頭をフル回転させ始めた。

＊

「フロリアン、もう眠いのか？」

湯を使い終わったリュシアン王子がベッドに入ってきたとき、先に浴室から出ていたフロリアンはつい眠そうなふりをした。

本当はそれほど眠くない。

ただ、いつも躊躇いがどこかにある。

王子の唇を首筋の敏感なところに受けると、結局は彼の身体に腕を回してしまう。

（だって……好きなんだもの、すごく）

許可を得たと見なし、王子はフロリアンに所嫌わずのキスを浴びせ始めた。

「リュ…リュシアン……！」

舌と唇、二本の腕を自在に使い、リュシアン王子はフロリアンを翻弄する。

唇への口づけは好きだ。

舌を吸われると、王子の中へ入っていくような錯覚が起こる。

そうされながら、脇腹を撫で上げられ、胸の突起を指先で弄（いじ）り回されると、もう何が何だか分からなくなってしまう。

気がつくと、とんでもない格好にさせられていたりもするけれど、恥じらう間もなく、激しいまでの快感の波に掠われる。

愛しい人の背中に腕を回し、ただしがみつくだけ。

「……可愛いなぁ」

呟かれ、天にも昇るような気持ちになる。

昇っていくのは気持ちだけではない。

足の間が痛いくらいに勃ち上がって、恥ずかしさに膝と膝をくっつける――もちろん、隠しきれるわけもないが。

王子はすぐに気づいて、膝を割ってくるのだった。

「ああ、ここがもうこんなに……――」

指摘する声音にも感じてしまい、鼓膜が甘く震える自覚があった。

「……い、いやぁ」

掌でぎゅっと包み込まれ、その途端にじわっと先走りが漏れた。

フロリアンの先端は、まだ露出しきっていない少年の形だ。

綻びかけた花の蕾のような形状の愛らしさを前に、リュシアン王子は敢(あ)えて包皮を剝こうとはしないのだ。

指の先ほどの綻びから割れ目が見えるが、王子はそこに指を差し入れ、溜まっていた先走りをぬるぬると混ぜる。

「う…う、あぁ」

強い刺激に腰が揺れてしまう。

（あっ、また…！）

先走りが尿道を走り、幹にまで溢れていく……。

「感じてるな」

いやいやするも、王子はごまかされない。

「嬉しいよ、フロリアン。わたしの手を濡らすのが。もっと濡れればいい」

「そ、そんな…――」

強弱をつけて揉み込まれると、本当に堪え切れなくなってしまう。

屈み込んだ王子が唇で胸の突起を挟む。

同時に敏感なところに刺激を受け、フロリアンは大きく身悶えを放った。

すかさず、根本を絞られた。

「もう少しだけ…もう少しだけ我慢しなさい」

足の付け根に切なさが溜まっている。

「あぁ…ん、く、くっ……」

声が抑えられない。

ついにフロリアンは泣き出してしまったが、涙でいっぱいの目でリュシアン王子が自分に何をしているかを見た。

王子はフロリアンの足の間にずり下がり、幼いそれを口に含んでしまっていた。

包皮の緩みに舌先を差し入れ、敏感な割れ目を小刻みに刺激する。

（こ、こんなの、もう耐えられない……！）

全身の毛穴が立ってくる触感だ。

その上、秀麗な顔立ちの美男が濃い睫毛を伏せ、口いっぱいに自分のそれを含むという視覚的な刺激も圧倒的だ。

堰(せ)き止められたところが疼く。

「あぁ、ダメ……許して。も、もう放して」

「辛すぎる？」

こくりと頷く。

「どうも…可哀想だな。今夜はもう少し保たせたかったんだが」

呟いて、王子はフロリアンに口づけするために移動してきた。

フロリアンはもう肩で息をしていたが、王子の唇に貪りついた。

口づけしながら、根本を絞っていた指の力が抜かれた。

「お、おおぉ」

フロリアンの呻き声を王子は受け止め、飲み込んだ。

溜まりきっていたものは、縛めが解けた途端に迸った。

あまりの勢いと快感に、フロリアンは少し意識を失っていたかもしれない。

快美感に溜息を吐きながら、目を開ける。

思いがけないほど近くにリュシアン王子の目があった――美しい青い瞳が飛び込んでくる。

「気持ち良かったかい？」

「………」

恥ずかしくて、答えられない。

「フロリアン、お前が愛おしくて堪らないよ」

重なってくる唇を柔らかく受け止め、拙いながらも自分から舌を絡めて応える。

（す…好きだ。たぶん、僕の方が…いっぱい好きだよ）

キスに夢中になっていると、背中に回されていたリュシアン王子の手がフロリアンの身体を彷徨い始める。

背骨を伝い、肩胛骨を撫で、脇腹へ……へこみのある腰を下り、華奢な身体のうちで唯一摑むだけの手応えのある丘へ。

指が狭間に伸ばされた。

慎ましく閉じている秘密の場所を探り当てられ、思わずフロリアンは身を固くした。

「ここ、ダメかな？　まだ怖い？」

「………」

フロリアンはいいともダメとも言えず、リュシアン王子のそれに手を伸ばした。

ずっと待たせているのは知っていた。

握った手に余る大きさ、フロリアンには恐ろしげに見えないこともない形をした男性器は熱く、どくどくと脈動していた。

造形美のようなリュシアン王子が、こんな動物的なものを隠し持っているのは脅威である。

しかし、これを自分が手にしていることへの陶酔感が確かにあった。

フロリアンは下がっていき、それを口に含んだ。

小さな彼の口にリュシアン王子の開ききった先端は大きすぎたが、一生懸命しゃぶりついた。

彼を満足させたかったし、身体を開く勇気を持てないことへの懺悔でもあった。

王子は愛おしげにフロリアンの髪を撫でていた。

しばらくフロリアンの好きなようにさせてから、彼は唾液に濡れたものを抜き取った。

そして、いつものようにフロリアンを横抱きにし、閉じた太腿の間にそれを差し込んだ。

フロリアンに出来るのは、少しでも王子が気持ち良く感じてくれるようにきつく膝を閉じていることである。

雄々しい欲望は抜き挿しを繰り返しながら、フロリアンの二つの球を収めた袋の下部を擦っていく。

王子の甘い吐息がうなじにかかる。

「あ…あぁ、あぁ、あ…――」

下から揺さぶられ、無意識のうちに、項垂れていたフロリアンのそれがまた勃ち上がってきた。

喘いでいるつもりはなかったが、二人の声がいつしか重なる。

「あぁあ、あぁ…ん、ん……」

これはこれですごく気持ちがいいことだ。

ふっと身体の輪郭のぶれを感じた——性別が変わる前兆のアレだと分かっていたが、フロリアンはその感覚に流されなかった。

意思の力で女性に変わるのを拒否した。

(このまま…このままがいい！)

王子の手が前に伸びてきて、自分の長いそれに添わすようにフロリアンの位置を定めた。

すぐ下を行き来する動きに揺さぶられ、導かれて、あっという間に二度目の絶頂に辿り着く。

「……う、ううっ」

この呻きは自分ではないと思いながら、先端が熱く弾けた。

パタパタ、と二人分の飛沫(ひまつ)がシーツに落ちた。

ふうっという満ち足りた溜息は同時だった。

「……今夜もすごく良かった」

しばらくして、王子が囁いてきた。

「お前は？」

「もちろん…僕も」

恥ずかしがり、やっと聞こえるほどの小さな声で答えたフロリアンを笑い、王子は額にキスした。

「わたしは生涯もうお前だけでいいよ、フロリアン」

身体は甘い疲労に包まれていたが、フロリアンはなかなか眠れなかった。

(ああ、僕は王太子妃なのに……あのとき、どうして変化を受け入れなかったんだろうな)

夫のリュシアン王子はもう眠っている。

もちろん寝顔であろうと、美しさは崩れない。高い額や頬骨の高さ、なだらかな鼻筋には羨ましいを通り越し、ずるいとまで思ってしまうほど。

顔立ちはこんなにも麗しいのに、彼はひ弱な男ではない。剣術も馬術も人並み以上で、いざというときの行動力があり、頭脳のほうも極めて明晰だ。

産みの母の身分はないも同然だが、彼は王子の中の王子なのだ。その母親の身分という瑕すらも、もはや彼の魅力の一つになっている。

（男なら、誰でもみんなこういうふうに生まれつきたいと思うよね。僕だって……――）

そう望むよ、と続けかけたフロリアンは罪悪感でいっぱいになった。

この期に及んで、フロリアンはまだ女性になりたくないと思っているのだ。世継ぎの王子を愛し、傍らに妃として立つべきなのに、女性に変わるのを望めないでいる。

頑固に男でいたいと思っているのに、分からないのは、この男の身体で王子を受け入れるのには抵抗を感じることだった。


せっかく王子が求めてくれているのに……――大人の王子は苦痛の少ないやり方で抱いてくれると分かっているのに、どうしてもフロリアンは尻込みしてしまう。

王子の優しさが心に痛い。

（まだ子供だと思っているからだよね……？）

しかし、フロリアンは夫が思っているほど幼くはないつもりだ。大事に守られるより、一緒にどこまでも走っていくことを望む。

「ダメ…ダメだよ、これじゃ。僕は自分で望む方向に行けてない。どうしたらいい？」

ぷるぷると首を横に振り、フロリアンは傍らで眠る王子を起こさないように起き上がった。

誰かと話がしたかった。

（アデルはラウールのところだし……なら、ガートルード先生は？）

しかし、生涯独身を貫いている彼女に、寝所のことを相談する気にはなれない。

正直なところ、今一番会いたいのは母である――

身体の心配ばかりで、王太子妃としての心得を聞くことも出来なかったグロリア王妃イザベラ。

しかし、グロリアはいかにも遠すぎる。

(それなら、いっそ王子の母に？　でも、王妃に身体の話は出来ないし、そもそもリュシアンの産みの母ではないんだよなぁ……――あ、そうか)

クレメンタインがいる。

王子には母も同然だから、その連れ合いとなったフロリアンにとっては義母のようなものである。二百歳を超えるという魔法使いである彼女に相談出来ないことはきっとない。

そして、彼女はフロリアンに男でいるのもいいと言ってくれた唯一の人である。

フロリアンは物音を立てないように着替え、マントを被って部屋を出た。

庭先で呼びつけたスイートブライアを待っていると、寝間着姿の双子のジャックが通りかかった。

「あれ、フロリアンさま？」

フロリアンはしーっと人差し指を立てた。

そして、ちょいちょいとジャックを呼び寄せた。

「午前中の授業は出られないから、ガートルード先生に謝っておいてね」

彼は神妙に頷いた。

「スイートブライアが一緒だから、心配しなくていいよ。午後にはきっと戻るからさ」

間もなく、スイートブライアは塀を跳び越え、庭の雪の上に到着した。

『お待たせ。今日は二度目の呼び出しね』

「りんごあるよ、食べる？」

フロリアンは彼女の頭を軽く叩いて労った。

『もちろん、後でいただくわ』

出産後、スイートブライアの白い身体は銀を帯びて輝くようになった。

白い毛皮の縁取りのついたマントを被ったフロリアンが白銀の一角獣に跨った姿は、冷たい月光の下、まるで絵のように目映い。

「……き、きれいだなぁ」

ジャックが目を擦る。

「行ってくるよ」

半ば茫然としているジャックにフロリアンが言うや否や、スイートブライアは走り出した。

*

ヴァロ山の麓の深い森にある小屋に到着すると、幼い一角獣のロビンが待っていた。

ロビンはだいぶ大きくなり、もう母親の腹の下には入り込めない。

持参したりんごをロビンにも与えてから、フロリアンは小屋をノックした。

「お入り」

クレメンタインは暖炉の前にいて、火にかけた鍋を掻き回していた。

いつもと変わらない。

いろいろな色が混じった髪を編んだり留めたりした不思議な髪型も、目鼻立ちが大きすぎるのになぜか美しく見える顔も……独特な落ち着きを備えた、三十代半ばほどに見える女の魔法使いがクレメンタインだ。

フロリアンは小屋に入っていき、彼女のすぐ側の椅子に腰を下ろした。

そこで初めてクレメンタインはフロリアンにじろりと目を向けてきた。

「髪が伸びてきたね、肌の質も変わった……リュシアンに可愛がって貰っているようだ」

フロリアンは真っ赤になった。

「悪いことじゃない。これから三十年ほどはお前の絶頂期だ。薔薇にたとえられ、見る者全てを魅了するに違いない」

手放しの褒め言葉ではあるが、それを素直に喜べる心境にフロリアンはない。

クレメンタインも事実を淡々と述べただけで、嬉しがらせを言ったつもりはないようだった。

フロリアンが悩みを切り出す前に、クレメンタインは棚から二つの瓶詰めを取り、歪んだテーブルに並べた。

「忘れないうちに、ガートルードへの土産を渡しておくよ。こっちが顔の皺を伸ばす軟膏で、こっちが首のイボに効く軟膏だ」

「……………」

フロリアンはクレメンタインがガートルードを知っていることには驚かなかったが、彼女の悩みを知っていること、フロリアンが彼女の機嫌を取る必要が出ることを見越しているのには驚いた。

「ど、どうして……――」

どうして分かるのか。

「さあ、どうしてかねえ」

魔法使いは理由を明かそうとしなかったが、フロリアンがガートルードに叱られないで済む方法は教えてくれた。

「わたしに呼ばれて出かけたと言えばよろしい。彼女はしょうがなかったと納得してくれるだろうよ。

素敵な土産もあることだしね。さあ、近々の問題は片付いたよ」

　フロリアンは頷いた。

「さて、お前がここへ来た理由もおおよそ分かってるけれど、まずはお前の口から聞こうかね」

「ど…どうしたらいいのか分からないんです」

　どこから話したものか迷った末に、フロリアンはそう切り出した。

「僕はどうなっちゃってるんでしょう。女の子に生まれた僕を男に変えた魔法は、どこまで影響してくるものですか？　過去の王女たちは結婚して幸せになったと聞いていますが、僕はまだぜんぜん落ち着かないです。リュシアンとは一緒のベッドに寝るようになったけど、最後までは…まだしてないし」

「怖いんだね？」

　フロリアンは頷いた。

　クレメンタインはゆっくりした口調で言った。

「あの魔法はとっくに薄れているよ」

「え？」

「お前はもう古い魔法の外にいると思っていい。身体が男のままなのは、お前が自分で自分に魔法をかけてしまっているからさ」

「僕、魔法使いじゃありません」

「そうかね？」

　クレメンタインの万華鏡の中のような不思議な瞳でじっと見つめられ、フロリアンは自分の不可解な能力を思い出した——動物と話せること、動いている物を数秒間だけ止められること。

　スイートブライアと話すことが出来るのは有り難いが、後者は悪戯をするときなどにしか用途がない。

　クレメンタインは言った。

「普通、魔法使いの修行をした者しか魔法使いを名乗ることはないが、修行をしていなくても生まれつき魔法を使える者はいるんだよ。むろん、修行をしていないから自在には扱えない。わたしには、お前が魔法を使う能力を持って生まれてきたと見えるね」

「そ…そうなのかな」

「リュシアンもそうだよ。あの子はアイザックを自分の騎獣にしているのはわたしの力と思っているが、アイザックはあの子を主人に選んでいる。アイザックと話せないでいるのは、あの子が自分の能力に気づいていないからさ」

「き…気づけば、話せるようになるもの？」

「なるね」

「そう言えば、リュシアンは世継ぎに指名されなければ、魔法使いの修行をするつもりだったって言ってました」

「いやいや、そういう運命には生まれてないね」

クレメンタインは首を横に振り、ふっふと笑った。

「あの子は甘ったれだから、わたしの側にいたかったんだと思うね」

「育ての親だと聞きました」

「わたしが取り上げ、八歳まで側に置いたよ。赤ん坊の頃、あの子は人形やおもちゃを宙に浮かべて遊ぶことが出来た。だから、魔法使いとして育てるつもりで預かったんだが、五歳の時に高熱で死にかけた後は、ぴたりとそういうことをしなくなってしまってね……それからは本の虫だった。部屋に閉じ籠もって百科事典ばかり捲っていたから、そればかりでもよくないだろ、藁の人形で戦争ごっこを仕掛けてみたり、ポニーを手に入れてやったり…ね。子育てなんて、魔法使いのやることじゃなかったよ」

クレメンタインはうんざりしたとばかりに言ったが、フロリアンには彼女がリュシアン王子を愛し、その成長を楽しみながら子育てをしたことがちゃんと分かった。

「大事なリュシアンの妻が僕みたいな厄介な人間で、残念に思ってないですか？」

「いいや、お前は若くてきれいだ。生まれた途端にヒルデガルドの魔法に抱かれたのだから、きっと幸運に違いない」

「幸運…かなあ？」

フロリアンが疑わしげに小首を傾げたのに、クレメンタインは鼻先で笑った。

「好きな男と一緒になれたじゃないか。お前は自分を信じなければいけないね。考えてごらんよ、全ての女が好きな男と一緒になれるわけじゃないんだ。昔から苦しい恋をする女は多いよ」

「……あ、あなたも？」

「わたしは違うけどね。魔法使いの女ってのは、男の気を惹く術をいくつも持っているものさ。でも、不思議なもんでね、簡単に手に入れた男は、簡単に掌から零れてしまうものなんだよ」

「ふうん」

二百歳を超えるというクレメンタインは、どんな人生を送ってきたのかとフロリアンは思った。

「まあ、これをお飲み」

クレメンタインは茶を一杯くれた――気持ちを落ち着かせ、前向きになれる茶だという。

「お前の身体は少々複雑かもしれないが、心の方はそれほどではないようだね」

フロリアンはこくりとする。

「お前はただ臆病になってるだけだよ、リュシアン恋しさのあまりにね……世の恋する女たちの例に漏れず。万に一つも嫌われたくないんだろう？」

「………」

否定は出来ない。

「お前はリュシアンを信じなければならないよ。あの子は、お前が男であろうと女であろうと構わないと言ったんじゃないのかい？」

「だけど、僕は妃です。妃としてこの国に来た。本来、女でなければならなかったはずなんです」

「お前は女になりたいのかい？」

「なりたくないと思ってました、ずっと。でも、今はならなきゃいけないと強く思う。そう思うことにうんざりしてしまいます」

クレメンタインは分かるよと頷いた。

それに励まされ、フロリアンは思いつくままを言葉にした。

「リュシアンは…男の子の僕を好きになってくれて、男の子の身体を抱きたがってる。でも、いいのかなって思うんです。男同士なんて…やっぱり不自然でしょ、生物学的に。リュシアンが他の男の子と経験があるなら、まだ……僕も思いきれるのかもしれないけど。身体を繋いでみて、やっぱり男相手は気持ち悪いって後悔されるのが怖いんです。そういう可能性が少しでもあるなら、いっそ女の身体になってから抱かれた方がいいと思う。逆にね、すごく男の身体を気に入られてしまうのも、また心配です。うっかり女になってしまったときに、男の方がよかったと言われたら、生まれながらの性別を憎んでしまいそうで。自分がこんなふうに生まれついた意味とかを考えて……ああ、もう収拾がつきません。僕はどうしたらいいんでしょう。女になりきれず、男として愛し合う決心もつかず……こんなんじゃ、王子に愛想を尽かされてしまいそう」

「もう一度聞くよ。お前は女になりたいのかい？」

魔法使いにじっと見つめられ、偽りのない答えを出す。

「なりたくない…です」

「その気持ちは大事にしないといけないね。一番優先しなきゃならないところだよ、この先を生きる上で」

　クレメンタインは言った。

「わたしが思うに、お前はリュシアンに今のままで抱かれたらいい。なに、男同士も悪くはない。子が出来ないだけで、相手を愛おしく思ってする行為には違いないのだから。しばらくして、自分で女になった方がいいと心から思うときがきたら、お前は女になれるだろう。違うかい？」

「……ええ、たぶん…出来ると思います」

　あの感覚が起きる条件は大体分かった。

　気持ちをそこまで持っていけば、もしかしたらいつでも呼び覚ますことが出来るかもしれない。

（リュシアンとの子供を持ちたいと思ったとき、僕はきっとそうするんだろうな）

　そのとき、男の自分はどこへ行くのか――消滅するのか、吸収されるのか。

　一つ教えておいてやろう、とクレメンタインは言った。

「お前の身体が女になっても、リュシアンはそれほど動じないと思うよ。これはこれで新鮮だとして、思う存分味わうに違いないさ」

「そ、それは…――なんか…ちょっと嫌かも」

　フロリアンが肩を竦めたのを見て、クレメンタインは笑った。

「男も女もそうは変わらないという獣じみた鈍感さを感じたかい？　大らかさだと思えばいいが、若い男の性欲とはそんなものかもしれないね」

「どっちでもいい、と」

「相手がお前ならね。そこは限定してやらないと、リュシアンが可哀想だ」

「そっか」

気が晴れたところで、クレメンタインはもう一杯煎じ茶をくれた。今度は穏やかに眠れる効果があるという。

熱い茶をふうふうと冷ましながら、フロリアンは嚙み締めるように言った。

「……あなたに会いにきて良かった」

「わたしも伊達に二百年生きちゃいないからね……まあ、本当を言えば、色恋の話は苦手だよ」

茶を飲み終わると、フロリアンは目を擦り始めた。欠伸も一つ。

眠くなったのだ。

もう窓の外は明るくなってきた。

「さあ、中二階のリュシアンが使っていた子供部屋でお眠り。何時に起きてもいいからね」

＊

頭がすっきりするまで眠り、目覚めたときはもう午後も夕方近くだった。

魔法使いの姿はなく、暖炉の前で寝ていた黒猫が彼女は出かけたと教えてくれた。

「また来ますね」

心地の良い小屋全体に向かって言い、馬屋へと向かう。

幼い一角獣をひとしきり撫でてから、その母の背に乗って森を出た。

『なんだかふっきれたみたいね。人間はごちゃごちゃ考えすぎよ』

スイートブライアは言う。

「あんまり好きになると、失いたくないあまりに慎重になりすぎるんだ。そういうことはない？」

『そうねえ…ロビンに対しては、そうかしら』

「アイザックに対しては？」

『わたしたちはそこまで一途じゃないわね。番う目的は子供を作ることのみよ。次の仔が欲しいと思ったとき、まだ彼が魅力的ならアピールするかもしれないけど』

「そうか。人間も基本はそうだけど、必ず繁殖目的ってわけじゃないからなぁ」

『そこが理解出来ないところよ』

トンネルから出ると、太陽の向きからしてまだ午前中だと分かった。城に戻れば、ガートルードの授業に間に合ってしまいそうである。

「どうしようかなあ」

とりあえず、すぐにはノストラの街に入らず、丘の上から街並と王城を眺めた。

雪に縁取られたレンガの街はもうすっかり目に馴染み、これを守らねばならないという気持ちはある。妃の従者として見回りをしていた日々は、祖国のためと思ってそうしていたつもりだが、とっくに王太子妃としての行動だったのかもしれない。

（そういえば、ここで初雪を見たっけ。そして、僕から王子にキスをしたんだな）

思い出の場所である。

興が乗ってきて、久しぶりにフルートが吹きたくなってきた。しかし、ポケットに入っているのはオカリナだ。

オカリナの丸い音を吹きながら冷たい風に吹かれていると、優しい気持ちが込み上げてきた。

全てを守りたい、大事にしたい、愛したい――神になったつもりはないが、心からそう思えた。

不意に、スイートブライアが嘶いた。

『あらあら』

「なに？」

目を上げると、丘の下方から疾走してくる一角獣が。

アイザックである。

もちろん、背に乗っているのはリュシアン王子だ。手を振るような間もなく、彼らはこちらに突進してきた。

アイザックから滑り降りると、王子は飛びかかるほどの勢いでフロリアンを抱き締めてきた。

「黙ってどこかへ行かないでくれよ、頼むから」

彼は言った。

「目が覚めて、隣りから温もりが消えているのは心臓に悪い」

「ごめんなさい。スイートブライアにりんごをあげるのを忘れていたのを思い出して、朝方ちょっと抜け出したんです」

「ジャックにガートルード先生への伝言をしていたから、戻る気はあると分かったけど……でも、わたしにも書き置きくらい残してくれてもいいだろう？」

「ああ、リュシアン。ごめんなさい」

謝りながらも、こんな弱りきった様子の王子に困惑する。

『失うのが怖いのはリュシアンも同じみたいね』

スイートブライアに呆れたように言われたが、フロリアンは嬉しかった。

「謁見は？」

「終えてきたよ。でも、今日は会議は休ませて貰うことにした。お前とゆっくり過ごすためにね」

リュシアン王子はフロリアンをひょいと抱え、くるくると回った。

「わ、わわわっ」

「我が儘かもしれないが、わたしは振り回されるよりも振り回したいほうなんだ。心得てくれ！」

「ごめんなさい、ごめんなさい」

思うさまくるくる回り、やっと止まったとき、二人とも笑顔だった。

リュシアン王子がキスしてきた。

「今は可愛い顔で笑ってくれているが、フロリアン、お前は何かわたしに言いたいことがあるんじゃないのか？」

「え？」

王子は並べ立てた。

「アヴァロンの暮らしで何か不自由が？　国王一家に嫌なヤツがいる？　祖国が恋しい？　ガートルードが怖すぎるのはどうにもならないが……まあ、熱心な教師ではあるんだよ。…って、違うな。もしかして、わたしが毎晩のようにお前を求めるのが鬱陶しいのかい？」

とんでもない、とフロリアンは首を横に振った。

「僕はリュシアンが大好きです」

「そうか、それならいいんだ。わたしに何でも言いなさい」

フロリアンはここで言おうかと思った——女性に身体が変わったときも、愛してくれますか、と。

しかし、彼の誠実な青い瞳を前にすると、それは愚問に思われてきた。

彼が自分を愛さなくなる日なんて考えられない。

フロリアンは背伸びをして、自分からリュシアンに口づけした。

そして、恥ずかしそうに小さな声で言った。

「……お腹が空きました。昨日のディナーから、ずっと食べてないんですもん」

目を細くして、王子はくすっと笑った。

「そうか、何か食べさせてやらなきゃな」

「でも、お城に戻りたくないです」

「そりゃガートルードが待ち構えているもんな……分かるよ」

「分かる？」

「わたしも子供の頃は逃げたり、隠れたりしたもんだ」

「クレメンタインのところへ帰りたいって？」

「そうだよ、夜中にシクシク泣いたもんだ。すると、ラウールが……――そうか、これからラウールの私邸に行けばいいのか。あいつ、今日の謁見サボったんだ。頭痛だと電報が来たけど、嘘だと思うね。見舞いに行ってやろうじゃないか」

にやにやとそのへんにいる若い男のように、少し品のない笑みを王子は浮かべた。


初めて見るそんな表情に驚きつつも、フロリアンもまた訳知りの笑みになる。

「アデルと仲良くしすぎての頭痛かな」

「それなら、もっとシモよりの腹痛って……――ああ、すまない。お前の耳を汚した」

リュシアン王子は失敗したとばかりに顔を顰めたが、フロリアンは首を横に振った。

「汚れやしませんよ、僕は男だもの」

「いいや、汚れる。こんなに白いからなぁ……わたしが気をつけてやらないとな」

「大丈夫ですってば」

膨れっ面を作ったフロリアンの頬を愛おしげに撫で、王子は優しく囁いた。

「フロリアン、お前は美しいよ。お前と出会えたことは、わたしの一生のうちで最大の喜びだ」

愛しい王子の胸に抱かれ、その体温と匂いに包まれているのはフロリアンにも喜びだ。

　こういう安心感は人間特有のものだろうかと思いながら、フロリアンはスイートブライアたちを振り返った。

　二頭は首を互いに擂り合わせ、予想外に顔を合わせられた喜びに浸っていた。

（なんだ、同じなんじゃない）

　気づいて、スイートブライアが言ってきた。

『なあに、フロリアン？』

（幸せそうだね、スイートブライア）

『そりゃアイザックはゴージャスだもの。ねえ？』

　応えて、アイザックはただ一声高く嘶いた。


　ラウールの私邸は、王城の裏門からそう離れていない住宅地の中にあった。

　貴族の屋敷の割にはこぢんまりとした構えで、レンガを敷き詰めた通り沿いの数多の住宅から浮いて見えることはないが、奥行きがあって実は庭が広いのだ。

　門前にいた馬番は双子たちの父親だった。

「これはこれは……王太子さま、こんなところまでわざわざお出ましくださるとは。うちの子供たちはちゃんとお勤め出来ていましょうか？」

「ジャックもエラもフロリアンとすっかり仲良くなったよ。あれはいい子たちだね。ところで、ラウールは起きてる？」

「先ほど、アデルさまと裏の温室にいらっしゃいました。まだそこだと思いますが」

「先触れはなしだ。行かせてもらうよ」

　勝手知ったるリュシアン王子はフロリアンの手を引いて屋敷の中に入っていき、使用人たちの挨拶を受け流しながら裏庭の方へ。

渡り廊下を行き、温室に入っていく。

春のような気温の明るい温室では、ラウールとアデルがテーブルを囲んでいた。

二人っきりの時間を楽しむ彼らを微笑ましく眺めたものの、王子は大声で言った。

「ラウール、頭痛はどうだ？ 見舞いに来たぞ」

振り向いたときのラウールの顔を、王子とフロリアンは生涯忘れないだろう。

不意を突かれた驚きと気まずさ、邪魔をされた不愉快……それらの感情がないまぜになった末の無表情だった。

いつどんなときも愛想良く、品のいい公爵令息の顔ではなかった。

しかし、そんな彼の側にいたアデルの方は、フロリアンを認めた途端に満面の笑みとなった。


「フロリアンさま！」

彼女は立ち上がり、すぐに駆け寄ってきた。

アデルと顔を合わせるのは一か月ぶりになる。

肩よりも短く切られてしまった髪は少し伸び、毛先がカールしかかっているのが可愛らしい。

ピンを使って結い上げれば、付け毛を足すことで人前に出られるような髪型も作れそうである。

幸せ太りだろうか、健康そうなアデルはもうフロリアンとそっくりではなかった。

「アデル、元気そうでよかった」

「お会いしたかったですわ、フロリアンさま。父に手紙を書いてくださったのですね。ありがとうございます。春の結婚式には、こちらに来るとの返事を貰えましたのよ」

「伯爵は喜んでいたよ。大国アヴァロンの公爵家と縁続きになるのを喜ばないわけもないけどね」

「まあ、父はそういう人ですし……」

そんなことを話しているうちにラウールは普段の自分を取り戻したようで、テーブルと椅子を増やすためにてきぱきと動いていた。

「フロリアンは空腹なんだ。お茶の他に、菓子や果物を頼むよ」

「はい、もちろん……──もうすぐ昼ですから、早めにランチの用意をさせましょうか？」

「フロリアン、どうだい？　食事でいいかな？」

「頂きたいです」

「ちょっとお待ちくださいませね」

アデルがにっこり笑い、すでにここの女主人になったかのように奥へ向かった。

「アデルはすっかりこの屋敷に慣れたようだな」

「はい、有り難いことに……」

「お前の今朝の頭痛も、さぞかし手厚く看病してくれたんだろう」

「……………」

ラウールは首を竦め、小さな声で言った。

「お察しくださっているんでしょう、王子」

「分かるとも。わたしもフロリアンが可愛すぎて、空が白むまで眠らなかったこともないではないよ。フロリアンをベッドに残して、謁見のために起き出すのが苦痛なこともあったかもしれない」

これにはフロリアンは真っ赤になったが、ラウールは青ざめた。

「淫らな香を使うのも大概にしろよ」

「も…申し訳ございませんでしたっ」

ラウールが謝ると、リュシアン王子は勝ち誇ったように笑った。

「お前が仮病なんて珍しいからさ、ついからかってしまった。許せよ」

「は…はぁ。王子がおサボりにならないのに、わたしは……恥ずかしゅうございます」

「まぁいいよ」

晴れやかに、アデルが戻ってきた。

「フロリアンさまがお好きなグロリア料理をお出し出来そうですわ。ジャガイモのオムレツにソーセージとキャベツのスープはいかがです？」

「いいね！」

「デザートにはりんごのタルトがありますよ。クリームを添えて貰いましょう」

「完璧だ」

休日ではなかったが、二組のカップルは若者らしい半日を楽しんだ。

食事の後はボードゲームに興じ、それに飽きるとダーツをした。

ラウールがピアノを弾き、アデルが歌ったりも。


夕方になって、リュシアン王子とフロリアンが王城に戻るときになると、アデルは少し涙ぐんだ。

「また来てくださいましね、フロリアンさま」

「りんごのタルトが食べたくなったら、ここに来るね」

ラウールが温室の花を摘み、束を二つ作って渡してくれた。

「これは今夜のお部屋にお飾りください。そして、こちらはガートルード先生に。先生はピンクの薔薇がお好きですから、これで機嫌が取れると思います」

「ラウールはいい子だったって聞いてるよ？」

フロリアンが言うと、ラウールは目を丸くした。

そして、くっくと笑い出した。

「なんだ、先生は分かっていらしたんですね」

リュシアン王子の悪戯がバレると、いつも一緒に罰を受けさせられたと彼は言った。

最初はそれが不満だったが、抗議する勇気はなく、ならばいっそ…と思うようになり、いつしか悪戯に荷担するようになったという。

　公爵家の大事な跡取りとして育った彼は、王子との同居が始まるまで、何の悪さもしたことがない天使のような子供だった。

「災難だったね、ラウール」

「いいえ。王子に出会って、やっとわたしの人生が始まったんですよ。悪戯の面白さも、罰の痛みも少年の成長には必要なことです」

「わたしはお前から女性の扱い方を習ったけどな。青少年の成長には必要なこととして」

「まあ！」

　アデルが声を上げ、目を丸くした。

　ラウールは慌てた。

「い…今はアデルだけですよ、わたしは」

「信じてあげなよ、アデル」

　フロリアンは助太刀した。

「だ…大丈夫です、たぶん」

「たぶん？」

「いいえ、信じますっ」

　ラウールとアデルは門の前に並び、それぞれの一角獣に揺られていく王太子夫妻を見送った。

　なんとなくフロリアンは思った。

（アデル、子供が出来たんじゃないかな）

　スイートブライアが答えた。

『出来てるわね、本人はまだ気づいていないみたいだけど』

「分かるの？」

『匂いが変わるからね』

「アデルがお母さまになるのか……なんだか、わくわくしてきちゃうなあ」

『あら、あなただって産めるのよ？』

スイートブライアは指摘してきたが、フロリアンは首を横に振った。

「僕はいいや」

「何がいいって？」

聞きつけたリュシアン王子が尋ねてきた。

「まだまだ僕は子供です！」

フロリアンは悪戯っぽく笑い、王子に競争を持ちかけた。

もちろん、走るのはスイートブライアである。

『近頃馬使い荒いわよ、フロリアン。走るけど、振り落とされないようになさい』

「もちろん！」

スイートブライアはアイザックに尻を向け、一目散に走り出した。

弧を描いて、裏門を華麗に飛び越える。


しかし、馬屋の前に到着したのはアイザックとほぼ同時だった。

鼻先で負けたかもしれない。

『牡と雌ではやっぱり筋力が違うのよ。競争になんかなりっこないわ』

スイートブライアは自分を慰めるかのように言ったが、フロリアンは不思議なくらい悔しい気持ちがないことに驚いていた。

これは予兆だろうか。

（僕はやんちゃな男の子ではなくなってきている。大人の男になるのか、それとも……——）

とにかく、今夜は今の身体のままでリュシアン王子を受け入れてみようと思っている。

その先のことはまだ考えられない。

分かっているのは、もう身体はいきなり変化することはないということ——変えられるのはフロリアン自身だからだ。

（自分がどうしたいか、決められる人間にならなくっちゃ）


しかし、その晩もフロリアンとリュシアン王子は身体で結ばれることはなかった。

二人で夜の食事を楽しんでいたとき、国王から王子に呼び出しがかかったのだ。

リュシアン王子は執務室に行き、ずっと戻ってこなかった。

戻ってきたのは朝方だった。

眠っていたフロリアンが起きかけると、目を開けなくていいと王子が額から目までをそっと撫でてきた。

撫でながら、言った。

「近々ロンバルト共和国に行かなきゃならなくなりそうだ」

「え、ロンバルト？」

危険なことではないだろうか。

フロリアンは飛び起きそうになったが、王子に阻止されてしまった。

「いろいろ考えているから、大丈夫だよ。フロリアンは心配しなくていい」

「心配はしますよ」

「もう一度おやすみ、いい子だから。わたしも寝るよ。長い会議で疲れてしまったんだ」

横たわるとすぐに、リュシアン王子は寝息を立て始めた。

フロリアンはその身体に寄り添ったが、漠然とした暗い不安が心を占め、もうぐっすり眠ることは出来なかった。

6．王子の危機に

二日後、リュシアン王子たちは出かけていった。

雪に覆われた山脈越えは危険なので、ウィスラの街の外れにあるアロ山の南端から回っていく。

ロンバルトの首都までは、馬車でおよそ七日の行程である。

メンバーは、リュシアン王子に従者のラウール、カタリナ王女とその侍女、ノストラ大学の学長、近衛隊のギーズ隊長と他三名、さらに国境からは衛兵隊の四名が加わる。

総勢十三名——王女と侍女、学長を除いて、それぞれが手練れの者である。

少数精鋭と言っていい。

長らく民主化が叫ばれ、一昨年ついに共和国を宣言したロンバルト共和国だが、このほどようやっと行われた選挙によって大統領が決まったのだ。

ナダル・バルバロッサという。

この男の経歴になんら瑕はない。

アヴァロン王国の北の都のノストラ大学で法学を学び、ロンバルトに戻ってからは弁護士として働いていたという。

その傍ら民主化運動に加わり、共和党の代表に選ばれたのだ。

バルバロッサ大統領の就任式には、恩師である学長の他、国王夫妻もしくは王太子夫妻が招待されていた。

ロンバルトの最後の王は、アヴァロン国王の叔父にあたる。隣国の王または王太子に祝福された上で共和国家として立つということが、ロンバルトの未来には必要だ。

しかし、アヴァロンとしては国王夫妻を何かときな臭いロンバルトに入らせたくはない。

アヴァロンに入ってきたロンバルト人はテロリストとして活発な働きをし、捕まった者たちは口を揃えて戦争が始まったらアヴァロンを内側から倒す役目を担っていたと言った。

それなのに、ロンバルト国に放ったスパイは「戦争の準備は見られない。国内は極めて平和で、善良な国民が一途に民主化を目指して動いている」と伝えてくる。

そこが何とも不気味だ。

だから、アヴァロン側もあくまでも密かに国境線を強化した。

ロンバルトへは自分が行こうとリュシアン王子は申し出たものの、妃の同行は了解出来なかった。

体調不良という名目を立てて一人で行こうとしたが、冬の王城内で退屈していたカタリナ王女が自分が同行すると言い出した。

「僕が一緒に行った方がいいんじゃないですか？」

最後までフロリアンは食い下がった。

「いいや、お前はここにいなさい。ロンバルトでは何が起こるか分からない。わたしはお前を守りたいんだ」

「ぼ…僕だって、あなたを！　足手まといになんかなりませんから……あなたを守る人間は、もっといた方がいいはずです」

「わたしを心配してくれるのかい？　大丈夫だよ。ラウールもギーズ隊長もいるからね。呼べば、アイザックもすぐ来るしな」

「そりゃそうですけど。でも、ここで無事を祈るだけで何も出来ないなんて…――」

「祈るのは大事なことだ。クレメンタインは、一心に神を信じる気持ちが魔を遠ざけると言っていたぞ」

「ああ、リュシアン……あなた、神なんてろくに信じてないでしょうに！」

この聡明な王子が信じているのは、化学や物理、物や事象の潜在能力を引き出すクレメンタインの魔法のみだ。

「最近は信じているかもしれないよ。お前に出会えたのは、上位の者のはからいだと思って感謝しきりなんだ」

そう言って、リュシアン王子は天を仰ぎながら両手を組んでみせた。

「祈っててくれ、フロリアン」

祝いの品を携え、リュシアン王子一行はロンバルト共和国へと出かけていった。

フロリアンの不安は晴れなかった。

留守番の日々は味気なく、何も成さないままでただ過ぎていく……。

何度もスイートブライアで国境線まで行ってみようかと思ったが、それでは王子の心を無にすると我慢した。

ガートルードはこの機会に…と王子一行が行く道筋を辿る形でフロリアンに地理を教え込もうとしたが、頭に入った様子は全くなく、匙を投げるしかなかった。

その数日間でフロリアンが興味を示したのは、アヴァロンと祖国グロリアの交流の歴史だった。

それぞれの王の相談役だった魔法使いが必ず関わり、二国の間に争いが起こらないよう、他国の混乱に巻き込まれないように口添えしてきた。

婚姻関係もその一つだ。

どういうわけか教科書に魔法使いの名は載せられていないが、ガートルードは歴史の事実としてフロリアンに説明した。

名高い魔法使いとしては、グロリアのヒルデガルド——フロリアンの身体をややこしいことにした張本人——それから、アヴァロンのグレゴリウスの名が上がった。

「彼らは賢く、理性的でしたから、歴代の王に合理的な統治を勧めました」

「なぜ魔法使いは王に成り代わらなかったんでしょう。彼らの方が賢いし、指導者として適任だったんじゃないですか？」

「魔法使いはもともとは事象の研究家です。少なくとも、最も賢く、力のある魔法使いほどそう言っていたそうですよ」

「王さまが愚かに見えて、倒しちゃった方がいいとか思わなかったのかな」

「そんな野望を抱いた魔法使いもいましたよ。アヴァロンでは、ギゼルベルトという魔法使いが先の戦争の混乱に乗じ、サヴォァア公と組んでクーデターを起こしかけました」

ついにギゼルベルトの名が出てきた。

「王を守ってグレゴリウスが倒れてしまうと、アヴァロンには彼に匹敵する魔法使いはいませんでした。それで、グロリアのヒルデガルドを呼び、彼女がギゼルベルトをアロ山の火口へと投げ込んだのです」

「溶岩の中に投げ込まれたら、どんな魔法使いも生きていられないですよね？」

ガートルードは鼻先で笑った。

「マグマは二千度ですからね」

そして、悪魔でさえ生きていられるかどうかは疑問だと付け足した。自然は何よりも強いものだ、と。

「戦争は、どうかすると魔法使いたちの術合戦でした。最後の大戦の後、ヒルデガルドたちは責任を取る形で眠りに就いたと言われています。眠る前には、全ての魔法使いは研究者としての分を弁え、政治には一切関わらないという宣誓をしています」

「書物に載っていないのは、魔法使いたちがいたことをなかったことにしたいから？」

「そういうことでしょうね……わたしは事実は事実として書かれるべきだとは思いますけど。ギゼルベルトの名を知る者は、この国ではもう七十歳以上の年齢の者に限られますね。多くはないです。魔法使いの存在だって、信じていない者も多いでしょう？」

「そうかもしれないね……僕はこんな身体に生まれついたから信じないわけにはいかないけど、なんとなく伝説的な感じになっているとは思う。森の中に住む奇っ怪なおばあさん、もしかしたら人間を食べるかも…というイメージは大きい」

「それがヒルデガルドの望みだったのかもしれませんよ。期せずして強大な力を持ってしまったがゆえに、人々の生活によくない影響を与えた自分たちを忘れて欲しい、と」

「……なるほど」

午前中の授業が終わると、フロリアンは昼食の時間まで少し風に吹かれようと庭に出た。

そこへ、呼んでもいないのにスイートブライアが現れた。

『なんだか嫌な予感がするのよ』

フロリアンに首を預けながら、彼女は神経質に瞬きを繰り返した。

『空気が張り詰めているの、感じない？　落雷や地震が起きるときとは違うんだけど、それ以上に何か嫌な感じなのよ』

フロリアンにはきりきりと冷たい冬の空気にしか思われないが、スイートブライアは明らかに怯えていた。

フロリアンは彼女の頰を撫でた。

「アイザックもロンバルトに向かったの？」

『一行の近くにいると思うわ』

「ロビンは？」

『クレメンタインのところへ置いてきたわ。あそこにいれば安心だもの』

エラが昼食が出来たと呼びにきたので、フロリアンは中に入った。

昼食後、フロリアンは少し眠った。

浅い眠りを漂ったが、冷や汗をかくような夢しか見なかった。内容は覚えていないものの、最後は不気味な笑い声に押し出されるようにして目が覚めたのだ。

目覚めても、不愉快な気分は途切れなかった。

まだ夕方ではなかったが、エラに頼んで浴槽に湯を張って貰った。

よい匂いのオイルを垂らした湯に入ることで、気分はよくなるかもしれない。

入浴後はエラが新しいふわふわのタオルやバスローブを用意していたが、それらも一時の慰めにはならなかった。

レモングラスの茶を飲み、本を捲った。

しかし、落ち着かない気分は次第に盛り返してきて、またしてもフロリアンは庭に出た。

スイートブライアはまだそこにいた。

彼女は言った。

『とりあえず、ウィスラまで行きましょうよ。国境まで行けば、この不安の正体が分かるかもしれないわ』

フロリアンは首を横に振った。

「行くなら、イーサントの方かもしれない」

『ゴルマンが動く？』

「夜になったら見にいこう」

夜中まで待てず、夕飯の後、フロリアンはスイートブライアに乗って出発した。

心配したジャックがついていくと言って聞かなかったが、普通の馬が一角獣についてこられるわけもない。

ノストラの街中で早くも引き離してしまい、フロリアンはジャックに向かって叫んだ。

「明日の授業に出られないかもしれないから、ガートルード先生にそう伝えて！」

スイートブライアは不安から逃れるかのように走り、荒野を抜け、湖を飛び越えた。

森を潜り、小さな町をいくつか走り抜けたが、国内はいつもと変わりなく見えた。

（この不安は何だろう……？）

イーサントの街には少しだけ緊張があった。

しかし、それはごくわずかなものであり、多くの民衆は普通の夜を過ごしているようだった。

残雪やぬかるみに足を取られそうになりながらも、スイートブライアは山脈を登ってくれた。

見晴らしのいいところまで駆け上がり、月明かりを頼りに国境線を見下ろした。

そこで、フロリアンは息を飲むことになる。

ゴルマン側では、ずらりと並べた大砲をイーサントの方に向けていた——黒光りした大砲の筒が恐ろしげだ。

ゴルマンは砲撃の命令が下るのを待っているように見えた。

一方、イーサント側には誰もいないのかと思いきや、衛兵たちは冷たい地面に寝そべって、ゴルマンの動向を窺っている。

（この小さな戦場から始まるの？）

そのとき、月光が翳った。

雲の下に入ったかと思い、空を見上げると、月の前を巨大な黒い鳥のようなものが通過したのが分かった。

鳥ではない。

「ドラゴンだ！」

誰かが叫び、イーサント側に動揺が走った。

「あんなもんに勝てるわけがないぞ」

「ドラゴンが出てきたら終わりだ」

「アヴァロンのドラゴンはもういないのか？」

口々に叫び、イーサントの衛兵隊が配置を離れようとしていく。

「戻れ、お前たち」

隊長が怒鳴っても、彼らの動揺は収まらない。

「少し前にもノストラの城に黒いドラゴンが現れて、姫さまが一人食い殺されたって聞いたじゃないか！」

「ほ、本当かっ!?」

「オレらなんかが束になったところで、適うわけもないぞ」

堪らず、フロリアンは飛び出した。

銀に光る一角獣にも驚いたが、それに乗った白いマントを翻した金髪の若者に衛兵隊たちは目を丸くした。

「フ、フローラ妃？」

「こないだ見ただろ、あのカワラ版の絵にそっくりじゃねえか。山賊に髪を切られちまったんだよ」

フロリアンはわざと高慢な笑みを浮かべた。

「いかにも、わたくしがフローラです。邪魔な髪は自分で切ったのだし、黒いドラゴンに嚙み殺されてなどおりません。逆に、ドラゴンの腹にユニコーンの角を突き刺してやりましたわ」

さらにハッタリをかます。

「ドラゴンは無敵ではございませんよ。喉元に槍（やり）を刺してやればよろしい。でも、みなさんがピンチとあれば、わたくしが白いドラゴンを呼んでご覧に入れます」

現場の士気は一気に盛り上がった。

フロリアンは危険を承知で国境線を二度か三度往復して見せたが、訓練されたゴルマン軍は一本の矢も飛ばしてこなかった。

明らかに、彼らは合図を待っている——誰かが砲撃しろと言ってくるのを。

これまで国内で捕らえた侵入者たちの言動を総合すると、ロンバルトとゴルマンの動きは連動するはずだ。

「今夜は攻めてくることはありません」

フロリアンは隊長に言った。

「兵を休ませてください。最初の動きがあるとすれば、たぶん明日の午前十一時頃です」

大統領就任式の時間である。

「分かるのですか？」

「分かります」

フロリアンは夜更けまで兵士たちと戦場に留まってから、今度はクレメンタインの森を目指した。

恐ろしい予感が胸に兆していた——彼は…ああ、愛しい王子は、ロンバルトで殺されるかもしれない。大統領就任式などという名目で呼び出され、衆人の前で非業の死を遂げるのではないだろうか。

スイートブライアの不安に包まれてしまったのか、フロリアンは起きているにもかかわらず、現実に起きてはいけない夢を見てしまう。

悪魔のような醜い顔の男が、リュシアン王子の遺体を指差して言い放つのだ。

——特権階級を許してはならない！　この王子の惨めな遺体を突きつけ、アヴァロンの民衆の目を覚まさせる時が来た！

スイートブライアの背に揺られながら、フロリアンは悪夢に苛（さいな）まれる。

『フロリアン。それは夢よ、フロリアン。あんたの王子がみすみす殺されると思って？』

「それはそうだけど……」

『正夢にしてはダメよ。あんたの魔法を暴走させてはダメよ、しっかりしなさい』

ようやっとクレメンタインの森の入り口に辿り着いた。

ドッゴ——ンッ！

イーサントとは逆、ウィスラの方向から、いきなり爆音が鳴り響いた。

暗かった空に赤い火花がパッと上がった。

「花火…いや、違う。あれは噴火だ」

『アロ山かしら？』

これは何かの象徴だろうか。

考えたくもないが、ギゼルベルトの宣戦布告のようにも思われてきた。

火山に投げ込まれた魔法使いが、火山をコントロールするようになった……？

スイートブライアは逃げ込むかのように木々のアーチを潜り、無の空間を経て、何重にも森に隠されたところにあるクレメンタインの住居までフロリアンを運んだ。

「クレメンタイン！」

フロリアンが扉を開けたとき、クレメンタインはいつものように暖炉にかけた鍋を掻き混ぜていた。

「お座り、フロリアン」

「リュシアンが……ああ、リュシアンの身に何か起きるかもしれないっ」

泣き叫ぶフロリアンに、クレメンタインはすげなく「いいからお座り」と言った。

フロリアンが座ると、彼女は茶を入れてくれた。

「少し眠るんだよ、フロリアン。お前には分かっているだろうが、何かが起こるのは午前十一時かそこらだよ。それまでは何も出来ない」

「でも、すぐにロンバルトへ行きましょうよ」

フロリアンが懇願しても、クレメンタインは首を横に振るだけだった。

「その必要はないよ、行きたいと思ったらすぐに行ける。わたしは魔法使いだ」

そして、彼女は暖炉の上に置いていた水晶玉を持ってきた。

フロリアンの前にころんと置く。

「ご覧、お前の夫はぐっすり寝ているよ」

額飾りを外し、黒髪を枕に散らして眠るリュシアンの寝姿がそこに見えた。

「……ホント、よく寝てる」

この異常な空気を感じていないのか、感じていても眠れてしまうのか、リュシアン王子は案外に肝が太く出来ている。

これには少し笑ってしまった。

「さあ、お前もしばらく寝るがいい」

頷いて、ようやっとフロリアンは茶碗に口をつけた。

興奮がすっと身体から抜けていくのを感じた。

「焦ってはダメだ。こういうときこそ、タイミングを測る集中力が必要だよ」

こくんとフロリアンは頷いた。

「お前が寝ている間に、わたしは黒竜にやる毒薬を完成させておく。もうあと少しで……——」

　魔法使いの睡眠導入剤はよく効いた。

　彼女が語る段取りをみなまで聞くことはなく、たちまちのうちフロリアンはテーブルに突っ伏して眠ってしまった。

＊

　フロリアンが目を覚ましたのは午前九時だった。

　クレメンタインが鍋底に出来た粉を団子状に丸め、身仕舞いを整えたのが午前十時。

　テーブルの上に水晶を載せ、姿見を部屋の四箇所に立てた。水晶に映ったもののうち、大きく見たいところは姿見の方に映すことが出来る。

　水晶に見えているのは、ロンバルト国の新しい国会議事堂だ。そこでバルバロッサ大統領の就任式が行われようとしていた。

　議事堂にはすでに多くの人々が詰めかけ、熱狂的にバルバロッサの名前を叫んでいる。

　その様子がかなり異様だ。誰一人として瞬きをしないのである。

　壇上の立派な椅子にはリュシアン王子が座っていた。王子の右側にはラウール、左側にはカタリナ王女が立っている。護衛の八人はその後ろだ。

　バルバロッサが紹介され、舞台の向かい側に作られた円形の台の上で演説を始めた。

　内容は大したことはない。

　整えられた口髭への好悪は分かれるだろうが、容姿はまずまずの三十代後半の男である。

　特にカリスマ性があるとも思われない。

　しかし、張りのある声は会場いっぱいに響き渡り、人々を引き込んでいく——頷いたり、拍手したりする人々の反応がきっちり揃っているのが客観的に見て気味が悪い。

「……集団催眠にかかっているようだねぇ」

クレメンタインが言い、フロリアンは頷いた。

壇上のリュシアン王子とラウールは驚きに目を丸くしているだけだが、カタリナ王女は熱狂に巻き込まれて頬を真っ赤にしている。

演説は長々と続き、会場が割れそうなほどの拍手が起こった。

そして、バルバロッサの名が口々に叫ばれた。

「我らが初代大統領バルバロッサ！」

「尊敬すべき男バルバロッサ！」

「未来を向く指導者バルバロッサ！」

この熱狂の中、就任の儀式に入る。

バルバロッサが壇上にいるリュシアン王子のところまで進み、王子が持っている分厚い教典の上に手を置き、宣誓を述べなくてはならない。

その後、リュシアン王子が「この男をロンバルト国の初代大統領に任ずる」と高らかに述べることになっている。

バルバロッサは人々に手を振ってから、ゆっくりと舞台への階段を上り始めた。

クレメンタインとフロリアンは、姿見に写ったリュシアン王子とバルバロッサを交互に見ていた。

ついに二人は向かい合った。

リュシアン王子が手に持った教典にバルバロッサは掌をちゃんとつけず、つけたふりをしようとした。

ふりをしたままで宣誓を述べようとしたのをリュシアン王子は許さなかった。

「教典に手を触れたまえ。人民のために働くことを何に誓おうというのだ？」

バルバロッサは睨んだが、リュシアン王子は動じなかった。

王子は彼の催眠術にはかからなかった。

視線の攻防は続き、進まない式典に辺りが騒然としてきた。

リュシアン王子が「さあ」と教典を押しつけた。

バルバロッサは教典に触れることを避け、飛び退り、階段から転げ落ちた。

会場がどよめいた。

彼は悔しげに王子を睨み上げ、懐に手を入れた。

「あ…あいつ、何を!?」

フロリアンは総毛立つほどの恐怖を感じた。

自分でそうしようと思う間もなく、クレメンタインと同時に姿見の中へと飛び込んでいた。

気がつくと、フロリアンはリュシアン王子の前に立ちはだかっていた。

バルバロッサが投げたナイフを睨んで止めたつもりだったのに、スピードに圧され、フロリアンの肩に先端が入ってしまっていた。

それでも、間に合ったとは言える。フロリアンが間に入らなければ、それは王子の心臓に向かっていたからだ。

「…っ」

フロリアンはナイフを肩から抜き、バルバロッサの方へ向けた上で勢いをつけた。

あっという間の十五秒。

さっきと百八十度方向を変えたナイフは、バルバロッサの胸を直撃した。

「ぐ、ぐはっ」

バルバロッサが倒れ、刺さった心臓からドクドクと体液が溢れ出た。

しかし、その体液は赤くない。

黒だ。

「この男、とっくに人間ではなかったな」

動かなくなったバルバロッサの傍らにクレメンタインが立ち、その背中を軽く蹴った。

すると、ひからびた黒い蜥蜴(とかげ)の死体となった。

クレメンタインが叫んだ。

「出てこい、ギゼルベルトッ！」

会場内の空気がうっすらと黒く澱(よど)んだ。

その空気は緩やかに旋回しながら濃くなり、もくもくと上へ上へと上昇した。

黒い気体は天井付近で巨大な顔を形作った。耳が尖り、口が裂けた顔は悪魔そのものだ。

『フハハハハハ――ッ！』

身の毛がよだつような笑いが会場に響き渡り、大統領の熱心な支持者たちが我に返った――ようやっと催眠から覚めたのだ。

「こ…ここはどこだ？」

「何が起こったんだ？」

「家に…家に帰らなくては……――」

こんな場所にはいられないとばかりに、彼らは一斉に出口を目指し始めた。しかし、どういうわけか出口は開かず、人々は揉み合い、将棋倒しとなった。

あまりの大混乱に、舞台上にいたアヴァロンの護衛兵たちも唖然としていた。

いち早く我に返ったリュシアン王子が、自分の前に立っているフロリアンに手を伸ばした。

「フロリアン、お前ここへどうし……ち、血？　血が出てるじゃないか！」

「ナイフを止めきれず、自分にちょっと刺さっちゃったんです。心配しないで、大したことはないから」

「もしかして、わたしの盾になったのか？　無茶なことを……」

「僕のちっちゃな能力が役に立ってよかったです」

二人は見つめ合ったが、にわかに醸し出した空気はいささか場違いだった。

「な…何でお前が、ここに!?」

側にいたカタリナ王女が地団駄を踏んだ。

そして、どこからか取り出したナイフを手に、フロリアンめがけて突っ込んできた。

すかさず、ラウールが彼女を捕らえ、その腹部に手刀を入れた。

「失礼」

カタリナ王女は頽れた——その身体からも黒い煙が出たが、すぐに空気に溶け散った。

そんな舞台下も舞台上も大混乱だったところへ、もっと凄まじい衝撃が襲ってくるとは誰が想像しただろう。

ドゴ、ドドーン！

天井を破壊し、巨大な黒いドラゴンの頭が突っ込んできたのである。

壁材や屋根瓦などがバラバラと防ぎようもなく人人に降り注ぎ、恐怖と苦痛の悲鳴が辺りに満ちた。

恐ろしげな歯が並ぶ口を開き、ドラゴンは鼓膜を裂くような甲高(かんだか)い声を発した。
ギ、ギエエエ——ッ！
人々は悲鳴すら上げられなくなり、辺りは緊張を孕(はら)んだ静けさに沈んだ。

「ギゼルベルト、下りてこい！」

クレメンタインが睨み上げた先はドラゴンの肩だった。

そこに乗っていた黒いマントを被った人間が下りてきた。

「またしてもオレの野望を阻止するか、ヒルデガルドよ」

フードが外れ、そこから現れた焼けただれた頭部にフロリアンは息を飲んだ。

（か…火山に投げ込まれたときの火傷だ）

ギゼルベルトに人らしい顔はなかった。皮膚を失い、鼻すらなくなった無惨なものだ。

しかし、クレメンタインは表情一つ変えなかった。

「わたしはヒルデガルドではない。妻の顔すら忘れたか？」

「なんだと？　お前、クレメンタインか!?　ばあさまにそっくりになったじゃないか」

「引き継いだのは姿形だけではない。悪魔に命乞いし、復活するかもしれないお前を封印する義務をも引き継いだ。今度は首を切った上で、再びアロ山のマグマの中にお前を放り込む」

クレメンタインはマントを広げ、中から無数のガーゴイルたちを飛び立たせた。

魔法使いと魔法使いの戦いが始まろうとしていた。


フロリアンとリュシアン王子は目を合わせ、自分たちのすべきことを確認した。

人々をここから避難させなければ……！

リュシアン王子はギーズ隊長らに命じた。

「さあ、扉を破ろう。ここはクレメンタインに任せ、出来るだけ遠くに人々を逃がさねばならない」

屈強なアヴァロンの衛兵三人が扉に突進し、どうにか扉が開いた。

「開いたぞ！」

「こっちだ」

「逃げろ、逃げろ」

人々は我先に扉へと殺到した。

出口が足りないと見るや、アヴァロンの王太子夫妻はこの場にそれぞれ自分の一角獣を呼び寄せ、その角で会場の横にも大穴を開けた。

そこにも殺到しようとする人々の先に行き、リュシアン王子は抜いた剣を空で振るった。

それだけでよかった。

注目を煽った後、彼は生まれ持ったカリスマを発揮する。

「怪我人に手を貸すのだ。善良な心を忘れるでない、ロンバルトの賢い民衆よ。魔に取り込まれ、バルバロッサのようになってはならぬ」

人々はハッとしたように大きく頷き、ギーズ隊長たちの指示に従って動き出した。

「ラウールも行け」

「はっ」

リュシアン王子とフロリアンは最後まで残った。

魔法使いたちの戦いはすでに始まっていた。

剣を手に睨み合う二人の上で、クレメンタインの無数のガーゴイルたちが理性のないドラゴンを翻弄する。

ギ、ギエエエ――ッ！
ギャギャッ、ギャ!!

フロリアンは知っていた――ガーゴイルがドラゴンの口に例の毒薬を放り込むことに成功すれば、ドラゴンは内側から崩れていく、と。

「クレメンタイン、民衆の避難は終わった。存分に暴れてくれ」

リュシアン王子が声をかけると、クレメンタインはわずかに頷いた。

彼女には使命がある。

五十年に及んだたった一人での修業の成果でもって、かつて連れ合いだった魔法使いを永遠に討ち果たす。

そして、偉大な祖母が最後に求めた魔法使い本来の立ち位置に帰らなければならない。

リュシアン王子とフロリアンは、式典の会場にいた人々のみならず、その周辺にいた者、ロンバルトの首都の市民たちをまとめながら、街外れの景色のいい丘までやってきた。

そこから見るロンバルトの首都の空は、昼間だというのに黒い雲に覆われていた。

雲は不安定に動き、時々悪魔の笑顔を形作る。

不気味である。

「……悪魔がこれほどまで近くに来ているとは」

リュシアン王子が言った。

「本来、万物が秘めている力をぎりぎりまで引き出すのが魔法ってやつだ。その際に、ほんの少しだけ魔の力を借りることがある。だから、魔法使いは技を極めようとした者ほど、悪魔の近くへ行ってしまうんだ。近づくだけならまだしも、悪魔と取引をしてしまうととんでもないことになる」

「ギゼルベルトのように？」

「悪魔自身には人間を支配しようという意思はないが、その心を利用されるんだよ。悪魔というのはただ神に反抗——人間の信仰を邪魔したいだけだからな。今もギゼルベルトに積極的には手を貸さず、ああして空から見ているだけだ」

フロリアンがぶるると身震いしたので、リュシアン王子は肩を抱こうとした。

「…っ！」

すっかりフロリアン本人も忘れていたが、ギゼルベルトが投げたナイフの傷がそこにあった。

血が固まって傷は塞がりかけていたが、白い衣服の袖は深紅に染まっていた。

ここまでほとんど動揺を面（おもて）に表さなかったリュシアン王子が、それを見て明らかに慌て出した。

「だ、誰か！　手当てを頼む」

進み出た看護師だという女性が、天使が最後になってしまったとは…と恐縮しながら手当てをしてくれた。

「僕は天使じゃないよ」

「いいえ、アヴァロンの王太子さまをお守りし、正義の魔法使いをお連れくださいました。わたしはみんな見ていました」

「う…ん、ちょっと違うんだけど」

「違っていてもいいんです。あなた様はわたしどもの救世主のお一人ですよ」

大きく開いた襟から、白い肌についてしまったフロリアンの切り傷の様子を目にするや、リュシアン王子は端麗な顔を顰めた。

「膿みかけてるな」

「そのようです」

早速医者が呼ばれ、化膿しかかったところを抉り取り、そこに消毒液代わりのアルコールをかけつつ、縫い合わせることになった。

その治療をフロリアンは歯を食いしばって耐えた。

縫い合わされた傷痕が残るかもしれないと聞かされ、王子はますます辛そうな顔になった。

「わ…わたしがやられた方がよかったのだ」

「心臓に向かってましたよ？」

自信家の王子は言う。

「わたしなら避けられたかもしれない」

「そうかもしれません……でも、僕はあなたを助けることが出来たと思っていたいんです」

「もちろん、助けて貰ったさ。有り難いことだよ。それでも、お前の美しい肌にそんな傷をつけたのは、わたしの一生の不覚だよ」

手当てをされながらも、フロリアンは初めての大ていた。


統領のために建てられた国会議事堂の方に目を向けていた。

　壊れた屋根のところから、ドラゴンの黒い身体が見え隠れしていた。クレメンタインの使い魔であるガーゴイルたちは何度蹴散らされても、また群れてドラゴンに向かっていく……。

　街を完全に潰すことになるのを恐れて、クレメンタインは自分のドラゴンを呼ばなかったのである。代わりに、分厚い魔術書の文字から膨大なガーゴイルたちを生んだのだった。

　怒り狂ったドラゴンが空に向かって火を吐こうと、ガーゴイルたちは怯むことはなかった。

　首尾良くドラゴンの口に魔法の薬を放り込むことが出来たのか、やがて黒い身体がふっと見えなくなった。

　静けさの後、十分の一ほどに小さくなった黄色いドラゴンをガーゴイルたちがどこかへ運び出すのが見られた。

　魔法使い同士の戦いはどうなっただろう。

　建物からときどき発せられる七色の光がクレメンタインの魔法である。

　最初はぱっと見えてすぐ消えていた七色の光が、次第に長く、輝きを増してきた。

　やがて、七色は寄り集まり、虹色の光となって四方八方に光の柱を伸ばした。

　それはついに暗い空にまで達した。

　闇色の空が光に引き裂かれ、灰色の雲が霧散していく……――。

「ああ、クレメンタインが負けるとは思っていなかったが……彼女は本当に強いな」

　しみじみとリュシアン王子が言い、フロリアンは頷いた。

「自分のすべきことがちゃんと分かっている人だものね」

「そうだな。わたしも自分の役目を果たさなければ……」

王子もまたすべきことが分かっている人間だった。

彼は再び一角獣に飛び乗ると、不安に震える人々に言って回った。

「正義の魔法使いがついに悪魔を払ったぞ。そなたたちは国を取り戻すことが出来たのだ！」

俯いていた人々が次々と顔を上げた。

「さあ、見よ。街を覆っていた悪魔の影が消えていくところを……ほら、日が出てきたぞ」

共に見た青空を、ロンバルトの民たちは生涯忘れないだろう。

我を忘れてしまっていた数年間を経て、やっと自らの心を取り戻したときに見た空は、悪魔に魅入られた政治家を暴いてくれたアヴァロンの王太子の瞳と同じクリアーな青色だった。

7．そして薔薇の未来は

ロンバルト国の今後がおおよそ決まるまで、リュシアン王太子一行は帰国しなかった。

大活躍したのはノストラ大学の学長だった。

彼はロンバルトの各地から代表者を集め、国の方向性を決めるための会議を開き、司会進行を務める傍ら必要に応じて知識を授ける役を担った。

フロリアンはリュシアン王子と一緒にいたかったが、王城に身代わりを置いているわけではなかったので、先にアヴァロンに戻らねばならなかった。

王太子妃として王城での日常生活を続けながら、何日かごとにヴァロ山麓の樹海へ出かけた。

一角獣の仔ロビンを森の入り口に繋ぎ、クレメンタインは小屋への道を閉じてしまったのである。

彼女はギゼルベルトに勝ったはずだが、その凄まじい戦いの後、忽然と消息を絶った。

夫だったというギゼルベルトの亡骸と共に、彼女は深い眠りに就いてしまったのだろうか。

育ての子、リュシアン王子にさえ何も言わないまま……。

『死んでしまったとは思わないわ。でも、匂いも気配もどこにもないのよ』

途方に暮れたようにスイートブライアが言うのに、フロリアンは頷いた。

「いつか会えるよ、きっと…ね」

それまで、ときどき彼女を探し、彼女のことを思おう。

少し寒さが緩んできた夜風に吹かれながら、フロリアンは春の訪れを感じていた。

雪がすっかり溶けたら、新芽が顔を出す。

たちまち野原は青々とした緑で覆われ、花が咲き乱れるのもそう遠いことではない。

果たして、ロンバルトはファンドランド王国に亡命していた元の国王一家を迎え、立憲君主国家として歩むことになったという報告が来た。

元の国王一家が到着するまで待ち、ようやっとリュシアン王子が帰国するという。

あれからもう一か月半が経とうとしている。

ロンバルトの人々に惜しまれながらも、多くの土産物を積んだ馬車を引き、王子は雪解けの山脈を越えてくるはず……。

(早く…早く会いたい！)

話したいことが沢山ある。

アイザックに乗れば数時間で戻ってこられるが、護衛の者たちと一緒ではそうもいかない。

フロリアンは細めた目で西の方向を見て、リュシアン王子の帰りを待ち焦がれるのだった。

＊

到着時に辛うじて抱擁することは出来たものの、リュシアン王子はすぐに国王と宰相たちに報告に向かわねばならなかった。

ロンバルト国でのことはもちろん、国王には特にカタリナ王女がロンバルトに留まるに至った経緯を伝える必要があった。

混乱の最中であったことから、王女がフロリアンに切りかかったことはなかったことにしてもよかったのだが、当の王女が謝罪を拒否し、そうするくらいならロンバルトに残ると言い張ったのだ。

ちょうどロンバルトに帰国した元の国王一家が彼女にご意見番としての滞在を願ったので、アヴァロン国の王女が外国での生活に窮することはないだろう。

報告は国の重鎮たちとの会議へと移り、リュシアン王子は王太子夫妻の住居へは戻ってこられなかった。

夜は帰国祝いを兼ねた晩餐会が催される。

エラは美しいドレスをフロリアンに勧め、フロリアンも一度はそれを着ようとしたものの、やっぱり違うと首を傾げた。

「気に入りませんか？　とっても素敵ですよ。ほら、回るとこんなにスカートが広がるんです」

「う…うーん」

眉間に皺を寄せてフロリアンが思案に暮れていると、通り掛かったガートルードが言ってきた。

「どんな華美なドレスを着ようと、あなたはあなたですよ。逆に、質素なドレスを着ても、あなたはあなたです」

教師として、彼女は虚栄心は捨てなさいと進言しただけだが、それでフロリアンの心は決まった。

「よし！」

フロリアンは若い貴族の男の礼装をすることに決めた。

「え、本気ですか？」

驚いて、エラは目をくるくるさせた。

腰をシェイプした白い上着に白いズボン、絹のフリルのブラウスだけはほんのりピンクで、細かい銀の刺繍が入ったベストも白である。

フロリアンの着替えが済んでしまうと、エラはにやにやしながら言った。

「フロリアンさまはいつものご自分を通されるおつもりでしょうが、パーティではまぁ一番目立ちましょうね。カタリナ王女さまがいらしたら大変でしたよ。地団駄踏んで、悔しがる様子を見たかったような気もしますけど……」

ドレス姿のときのフロリアンはりりしい美少女になるが、面白いことに、男装のときのフロリアンは中性的な美しさが増して見える。

伸びた髪をリボンで後ろに縛ったので、白いうなじが艶めかしい。

この年齢の少年の危ういまでの美しさは、しばしば少女に勝る。

まして、元が美貌のフロリアンである。もはや存在自体が美術品となってしまう。

エラはフロリアンの胸ポケットに、銀のチーフにくるんだ薔薇を一輪差した——白薔薇はフロリアンのトレードマークである。

「でも、王さまは古風なお考えの方でしょう？ ご不興を買いませんかね？」

「何かおっしゃられたら、ちょっとした仮装だってお答えするつもり。久しぶりに会う夫を少し驚かせたかったってね。まあ、大丈夫だと思うよ」

果たして、エラの想像した通り、晩餐会の会場にフロリアンが現れると、王侯貴族の注目が一斉に集まった。

コホンと咳払いしてフィリップ七世は少しの不興を伝えてきたが、人々の間から自身の妃を見かけた途端にリュシアン王子は満面の笑みになった。

宰相との会話を途中で打ち切り、彼はすぐにフロリアンの元へと駆けつけた。

「フロリ…いや、フローラ！ こんな元気で美しいお前に再会出来て、わたしはなんて幸運な男なんだろう」

そう叫ぶように言うと、人前にもかかわらず抱き締め、素早くキスをした。

古風な国王フィリップ七世は、片方の眉をピンと吊り上げた。

　聡明で、いつも涼しげな世継ぎの王子が垣間見（かいまみ）せた若者らしい情熱的な態度に、人々は驚き、さざめいた。

「まぁまぁ、お熱いこと」

「変わった趣向ですわね……王太子は、男装の麗人をお好みでしょうか」

「そりゃフローラ妃ほどの美貌であれば、何をお召しになっても美しいでしょうよ」

「いやはや可愛らしい。我が国は安泰だ」

　食事の間も、ダンスの間もリュシアン王子はフロリアンを片時も放さなかった。

　王子が長々とダンスをするのは珍しく、その点でも注目されたが、リュシアン王子はどんな貴婦人に目配せされても頷くだけで、ずっと自身の妃とだけ踊り続けた。

　さらに貴婦人たちを落胆させたのは、赤毛の美男子ラウールが一曲も踊らずに早々と帰ってしまったことだった。

「ユーリヒ公爵ご令息、ご婚約ですってよ。すでに私邸でご一緒にお住まいらしいの」

「え、どこのどなた？」

「グロリアの伯爵令嬢と聞いているわ。フローラ妃のご紹介かもしれませんわね」

　リュシアン王子とフロリアンは踊り続けた。

　男性の礼装に身を包んだ二人が見つめ合い、踊る姿は倒錯的ではありながら、二人の美貌のせいで眺める者たちに溜息を吐かせた。

　黒髪にベルベットの赤い上着を着こなした長身の美青年が、金髪で白づくめの華奢な美少年をくるりくるりと踊らせる……——。

「……流行りますわね、男装」

「娘がしたいと言い出したら、どうしましょう」

「相手の殿方も美しくなければ、あぁはいきませんわよ」

後に、このフロリアンのスタイルはアヴァロン国の演劇界に大変革をもたらすことになるが、それはまだまだ先の話である。

今はしばし離れ離れになっていたリュシアン王子と向かい合い、くすくす笑いながら踊っている無邪気な男装の美少女——いや、美少年がフロリアンだ。

「ダンスはあまり好きじゃなかったけど、あなたと踊るのは楽しいです」

フロリアンが言うと、王子も頷いた。

「わたしもだ。とにかく、踊っている間は誰にも邪魔されずにこうしてお前を独占していられる」

「誰とも踊らなくていいの？」

「お前がいて、他の誰と踊りたくなるって言うんだい？」

＊＊＊

ようやっと二人が王太子夫妻の住居に戻ってきたのは、夜も更けてからだった。

薔薇の匂いに迎えられた。

ジャックとエラによって、寝室は心地良く整えられていた。

天蓋を囲うカーテンや布団やシーツなどの寝具は春を思わせる色や模様に一新され、ベッドサイドのテーブルには水差しとワインの小瓶、グラスなどが用意してある。

そして、部屋のあちこちに活けられた花——フロリアンのイメージである白い薔薇だ。

マントルピースの上のキャンドルが、それらを柔

らかい炎の色で映し出す。

リュシアン王子がしみじみと言った。

「帰ってきたという実感がやっと湧いてきたよ」

伸び上がって、フロリアンは王子に口づけた。

「独り寝にこのベッドは広すぎて、本当にあなたが恋しかったです」

「わたしの旅先のベッドは狭かった。狭いが、お前と一緒ならいいなと何度思ったことか……」

「もうあまり離れて暮らしたくないです」

フロリアンが言うと、リュシアン王子も頷いた。

「危険なところへは連れていきたくなかったのに、結局はお前に助けられてしまったな。情けない。もういっそわたしはお前をどこへでも連れていくべきなんだろう。その覚悟をしなくてはな」

「そもそもあなたと並走出来るのは僕だけなんですよ。従者だけど、ラウールは一角獣に乗れないし……どこへでもお伴させてくださいな」

「そうだな。でも、愛しい人は危険から遠ざけたいと思うもんなんだよ、男はさ。分かれよ」

「分からない」

二人はきつく視線を絡ませ合ったが、二呼吸後に同時に笑い出した。

「愛しているよ、フロリアン。お前だけだ」

「僕も」

「わたしと一緒に走ってくれるかい?」

「もちろん。どこまでも…どこへでも、ずっと一緒に行きましょう」

「それが出来る妃を求めていたんだ、本当はね。ああ、フロリアン。お前はなんて素晴らしく、望ましいんだろう」

口づけを交わした——言葉もいいが、行為の方が分かりやすいこともある。

深く、浅く…そして、また深く。

唇を放したとき、王子はフロリアンの濡れた唇に指で触れてきた。

王子の青い瞳が誘っていた。

潤んだ美しい瞳に今夜の長さを思い、身体に熱が上がってくる。

「このまま…と思うけれど、わたしは旅の埃(ほこり)を被ったままなんだ。湯を使おう」

「僕もきれいにしたいです」

「お前はいつでもきれいだよ」

それぞれの専用バスルームには、前もってバスタブに湯が張ってあった。

「急いでな」

「ええ、急ぎます」

フロリアンのバスタブの方には色とりどりの花びらが浮かべられ、身体を沈めるとそれらが押し寄せてきた。

フロリアンはそのうちの薄いピンクを摘(つま)み上げた。

母であるグロリア王妃の色である。

(お母さま、僕は僕のままでいますよ。今夜どうなってしまうのか……でも、幸せなんです。リュシアン王子のことが大好きだから)

彼が帰ってきたことが本当に嬉しい。

そして、どこへでも連れていく覚悟をすると自分から言ってくれたことも。

よく泡立つ香りのいいソープで髪の毛と身体を洗ってから、ふわふわのバスローブを身に着けた。

洗面台の前に移動し、冬の間はこれをつけなきゃいけませんとエラが強く言って用意してくれた化粧水と乳液を使った。

髪の毛を梳(す)いていると、背後で扉が開いた。

リュシアン王子だ。

鏡越しにバスローブ姿の王子を認め、フロリアンは微笑んだ。

「待ちきれなくて、迎えにきてしまったよ。行儀が悪いと思うかな？　フロリアン、準備はどうだい？」

問いかけながら、後ろから抱き締めてくる。

「ああ、いい匂いだ」

王子の逞しい身体を背中で感じながら、じんわりと包み込まれた。

「もう、いつでも…いつでもいいです」

どうしてか掠れ声になってしまい、フロリアンは口の中の乾きを自覚した。

水が飲みたいのではなく、キスが欲しい。

バスローブの合わせ目から手を入れられ、洗い立ての肌を大きな掌で撫でられた。

頬を染める自分を鏡に見る。

王子の指は胸の突起を探り、揺り動かし始める。

そうしながら、耳を唇で挟んだ。

「……あぁ」

色がついていそうな吐息を漏らす自分の顔を、もう鏡に見ていられなかった——上気した頬は薄いピンクの花びらのよう。

フロリアンは後ろに首を向けて、飢えた唇に口づけをねだった。

最初から舌を絡め、貪り合う。

唇の角度を変えるたびに熱い呼吸をし、また唇を合わせた。

「……あ、ふっ」

熱に浮かされ、フロリアンは平衡感覚を失いかけた。

しがみついたところを抱え上げ、リュシアン王子はフロリアンを洗面台の上に座らせた
自分の腰に足を回すように、フロリアンの足を開

かせる。

目線がほとんど同じ高さになった。しかし、見つめ合った時間は短かった。

リュシアン王子はフロリアンの首筋に顔を埋め、耳の後ろから肩までのラインにキスを浴びせてきた。

「――この傷、やっぱり痕になってしまったな」

バルバロッサが投げたナイフが刺さった箇所を、リュシアン王子は丹念に口づけた――肉色に盛り上がった傷はまだ生々しい。

あの危機的な一瞬を思い出し、フロリアンは自分が間に合ったことを喜んだ。

「あなたがご無事で本当によかった」

「フロリアン、お前を大事にしなくてはな……わたしの命を救ってくれた。この傷を見るたび、わたしはそれを肝に銘じるだろうよ」

「ふふ…、ちょっと血を流した甲斐があったかもしれません」

肩から首の柔らかいところに唇は移り、上がった顎にもキスされた。

身体をくねらせながら、フロリアンはくすくすと笑い出していた――この込み上げてくる笑いの意味は分からない。

「楽しいかい？」

「ん……くすぐったいのに、なんだか胸がドキドキしているんです。そう、初めて馬に乗ったときの気分に似てるかも」

「ああ、分からないことはないね」

もう一方の首筋からもキスが始まり、同時に掌で胸や脇腹を撫でられた。

片方の肩に辛うじてかかっていたバスローブが、ついにずるっと腰まで脱げた。

露わになった痩せた上半身に目を当て、リュシアン王子は年長者らしく優しく微笑んだ。

「美少年だなぁ……白い肌に、薄桃色のここが眩しいよ」

胸の突起はツンと堅くなっていた。

そこは敏感になりきっていて、王子の口づけにフロリアンは仰け反った――その瞬間、背筋を何かが駆け抜けたのだ。

「感じた？」

「……」

聞かないでも分かっているくせに…と思う。

「もっとキスするよ」

ちゅっちゅっと吸われ、そのたびに身体が揺れてしまう。

思わず、フロリアンは王子の髪を摑んでいた。

それを促しと思ってか、王子の顔が胸から下へと下がっていく…――あばらを下り、削いだような腹へ。

（ああ、もう……！）

バスローブの紐が解けていないのでそこは上手く隠れているが、たぶん王子は分かっている。

しゅるるっと紐が抜かれた。

バスローブが床にくたくたと落ち、とうとう全身が晒されてしまった。

「ああ、フロリアン……可愛らしい蕾だ」

リュシアン王子の囁きに、まず頬が熱くなった。

頬から耳、首、胸までが熱い。

「わたしの手で咲かせてあげてもいいかい？」

頷いた。

すでに今夜は拒否する言葉は口にしないと決めていた。

王子は先端を口に含み、濡らして、扱いて充分に堅くした後で、幹を下に引き下ろした。

「いっ！」

思わず声を上げてしまったが、ぴりっと痛みを感じたのはほんの一瞬だった。

先端が完全に露出した自分を見るのは、当たり前だが初めてだった。

剝き出しになった部分の赤さが鮮やかすぎる。

「きれいな形、きれいな色だな」

王子が満足そうに呟き、またそこを口に含んだ。

「！」

包皮に守られていたせいで、そこはまだあまりも敏感だった。

ぬるりと舌を感じた途端、もう足の付け根に緊張が走った。

「い、いきそ…――」

告げた途端、フロリアンは王子の口の中に放ってしまった。


王子は口で受け止め、ごくりと飲んだ。

露出した先端は、飲み込まれるときの口腔の動きまでをリアルに感じ取った。

フロリアンは涙目になった――不快に思ったのではないが、嬉しくもない。

体液なんて美味しいわけがないのに、飲まないで欲しかった。

リュシアン王子が顔を上げ、唇を拭った。

「もしかして、痛かった？」

ううん、とフロリアンは首を横に振った。痛いとかではなく、ただショックだったのだ。

「の…飲んじゃっ、から…――」

「飲んでみたかったんだ、お前を」

「ど、どうして？」

「お前の命だと思うからかな。わたしはお前の全てが欲しいんだよ」

再び涙が込み上げてきた——たぶん、今度は感動で。

「僕をベッドに連れてって」

「もちろん」

リュシアン王子はフロリアンを軽々と抱き上げた。きりもなく額や頬に口づけしながらも、危なげない足取りでベッドへ……。

シーツの上にフロリアンを寝かせると、自分は傍らに腰を下ろし、リュシアン王子はフロリアンの手の甲にまず口づけた。

その仕草は少し儀式めいていた。

「なあ、フロリアン」

王子は言った。

「バルバロッサが大統領としての誓いの言葉を述べるとき、なかなか教典に手を乗せようとしなかった。そのとき、わたしが何を思ったと思う？」

この場にそぐわない質問をされ、フロリアンは目をぱちぱちさせた。

「こいつ、怪しいなって？」

「いや、あのとき、わたしはわたしたちの結婚式を思い出していたんだ。わたしはお前に誓いの口づけをしなかったよね？」

そう伝えてきたリュシアン王子は、痛みを堪えるような表情を浮かべた。

フロリアンは慰めるでもなく言った。

「だって、あのときのあなたは結婚したくなかったんでしょ。だから、神に誓うわけにはいかなかった。キスしなかったあなたは正直者です」

「それはそうなんだが……今は、誓いたいな。司祭も神父もいないけどね」

「神を信じてもいないくせに？」

「少し信じているよ、今はね。お前に巡り会わせてくれたことに感謝しているから。それに、ロンバルトでは悪魔を目にした。悪魔がいるなら、神もいなければならないだろう？　世の中のバランスが取れなくなってしまう」

「ね、ここに神がいたら、なんて誓うつもりなんです？」

フロリアンが問うと、リュシアン王子は優しげに目を細くした。

「しごくシンプルに言うさ。いつどんなときもずっとフロリアンを愛しますってね」

「いつどんなときもずっと？」

「ああ、ずっと」

「神に誓わないでいいから、僕に誓ってくださればいい。どうか僕の心に刻み込んで……」

「心はどこだい？」

「この辺り」

フロリアンが自分の胸を指差したので、リュシアン王子はくっと笑った。

しかし、真面目(まじめ)くさった顔つきで、フロリアンの胸に顔を近づけた。

「わたし、アヴァロン国王太子リュシアンは、いつどんなときもずっと、ずっとグロリア国王第四子にしてアヴァロン国王太子妃となったフロリアンを愛し続けることを誓います」

言い終わると、薄紅色の小さな突起に口づけた。もう一方の胸にあるそれにも。

そして、また伸び上がり、肩の傷、そして唇にもキスをした。

（あ…あぁ、神さま…――）

これまでの数限りない口づけで熟れた唇は、しっとりと包み込むような新たなキスを喜んで受けた。

誓いの口づけ――そう、二人っきりの結婚の儀式だった。

「お前も誓ってくれたね」

「分かりました？」

「分かるとも。ちゃんとここに刻み込んだよ」

　リュシアン王子は自分の胸を叩いてみせてから、そっとフロリアンの華奢な身体の上に乗り上がってきた。

「今こそお前を抱くよ」

　その宣言に、フロリアンは少しの躊躇（ちゅうちょ）もなく頷いた。

（僕のまんまで……この男の身体であなたを受け入れるよ。その後のことは分からない。いつか…きっと変わる日が来るのかもしれない。もしかしたら、すぐかもしれないけど……でも、今はまだ——）

　王子の手が導くままに足を開いて、胸まで曲げ、ようやく男になった男性器の後ろにある密やかな場所を彼の目に晒す。

　リュシアン王子はそこに顔を埋めた。

「あ…あーっ」

　胸がきゅっと絞られた——美しい愛する王子にこんなことをさせては申し訳ないと思うのに、そうされることが嬉しくて、苦しい。

　濡れた舌で舐め回され、抉られる。

　いつも理知的で涼しげな王子が、別人のような熱心さでフロリアンの身体を探り、緩めていくのが嬉しくて、また切なかった。

（ああ、信じられないよ……！）

　舌で入り口を解（ほぐ）された後は、指で馴らされた。

　長い指先は思いがけないくらい奥まで達し、男の身体の内部に埋まっているとある部分を刺激した。

「あぁ、あ…んっ」

　一度早くも達して項垂れていたものに、また血液が集まり始めた。

どくんどくんと恥ずかしいくらいに脈打つ。

「フロリアン、後ろをこんなに締めつけたら……指が抜けなくなるよ」

「も…もっと」

我知らず、口走っていた。

「気持ちいいのかい？」

「……もっとして」

リュシアン王子は指を小刻みに出し入れして、フロリアンの要求に応えてくれた。

だらだらと体液が先端から溢れ、細長い臍に溜まっていくが、フロリアンは気づかなかった。

ただ切なさは増すばかり。

（指じゃない。そこに、もっと違うもの……そう、リュシアンのあれが欲しい）

本能的な欲求だった。


（躊躇うことなんかない！）

フロリアンは目をぱっちり開くと、払拭しきれない恥ずかしさに堪えながらも、王子に甘く訴えかけた。

「あ…あなたが欲しいです」

新床で妻が口にする台詞にしては、はしたないものかもしれない。

自分から募る欲望を口にすることで、フロリアンは自分がその場所に彼を受け入れ、身体を繋げたいと強く望んでいることを確信した。

（そう、今の僕の身体で抱かれたいんだ）

王子はごくりと生唾を飲んだ。

「いいのかい？」

「もう誓ったから……僕も、あなたも」

おお、と彼は唸った。

深々と挿っていた指を引き抜いて、フロリアンの腰を抱え直した。

体勢を整えると、ずっと膨張しきったままで我慢させていたものを、充分に解れ、ひくひくと蠢（うごめ）いているそこへとあてがった。

「いくよ」

ず…っときた最初の一突きで、先端部分が埋まった。

ずず…っとさらに腰を押し出すと、それ以上は力を込めることなく根本まで入った。

「ああ、お前の中に…もう、わたしが全部…——フロリアン、分かるかい？」

興奮を抑え気味に聞いてくるリュシアン王子に、フロリアンは頷いた——自分の中に別の脈動を感じる不思議。

「す…すごい」

「すごいよな。わたしたちは繋がって、今一つになってるんだから」

やがて、王子が動き出した。

内蔵が押し上げられるような不快は、すぐにあの部分を擦り上げられる快感と入れ変わった。

身悶えせずにはいられない。

「あっ…あ、あぁ」

嬌声（きょうせい）を上げ、リュシアン王子の二の腕を摑む。

「素敵だよ、フロリアン」

王子の声音で鼓膜が甘く痺れる。

「わたしはお前の中で蕩けそうになっている。こんな感じは初めてだ」

「あぁ…あぁんっ、んっ」

「お前はどう？」

いやいやをする——表現する言葉がない、と。

「ずっとこうしていたいか？」

「ず、ずっと…は、死んじゃいそ…——」

「死ぬのはダメだな。でも、わたしは止まらない」

止まらない、止まらないと繰り返しながら、王子は腰を使う。

思うさま揺さぶられ、途切れない愉悦感にフロリアンは喘ぎ続ける。

「ああ、もうっ」

もういくっ、とリュシアン王子が口にしたとき、フロリアンは微笑んでいたかもしれない。

(本当に、この人が好きだ)

クールなようで情熱的な王子。

美しい黒髪と魅力的な青い瞳のアヴァロン国の世継ぎ。

混乱に惑うロンバルトの人々を魅了した、生まれついてのカリスマ。いずれはその魅力を自国の民の前でも発揮することになるだろう。

でも…でも、今この瞬間はフロリアンだけのものだ。

(——…あぁ、僕も達っちゃうな)

足の付け根が痛いほど突っ張り、先端に向かって熱いものが駆け上がっていく。

ビシュッ!

フロリアンの内部で王子が弾けたのと、フロリアンが達したのは同時だった。

(幸せ…すごく、幸せだ)

汗に濡れた王子の背中を抱き締めた。

満足そうな溜息を吐いて、体液にまみれたフロリアンの上に身を伏せてくるリュシアン王子が本当に愛おしい。

そのとき、フロリアンは頭の中で声を聞いたのだった。

『全ての女子は幸せになるために生まれるべきなのだよ』

知っている誰の声でもなかった。

『国王の娘に生まれ、背負わされるものが重いなら、尚のこと。わたしの魔法が続く限り、王女にはいつどんなときでも愛すると誓うような理想の男が現れるだろう』

直感的に、ヒルデガルドだと分かった——少しクレメンタインの声にも似ている。

（そ…そうか、僕は愛されていいんだ）

不安定な性の身体でも。

（大丈夫、とっくに愛されていたよ。今は、身も心もね）

そうだと認めるなり、フロリアンはかつてないほどの多幸感にふわっと身体ごと包まれた。

自分が認識している身体の輪郭が揺れ、あの感覚が来たのを察した。

それに流されてしまうのは容易い。

流されて、普通の女性の身体に変わっても、リュシアン王子が愛してくれるのは分かっていた。

でも…と、フロリアンは流れの中で立ち竦む。

（僕は僕でいたいよ。ずっと男だったんだよ？　女の子に絶対なりたくないとは思ってないけど、変わるのは今じゃなくてもいい）

輪郭の揺れがぴたりと収まった。

それに気づいたのはリュシアン王子のほうが早かった。

不意に彼は頭を持ち上げた。

「フロリアン？」

顔を窺ってくる。

「なぁに？」

「なんだか、空気が変わったような……いいや、空気じゃないな。匂いか？」

「え？」

「若草のような匂いが今は違っている。果物のような甘い匂いだ。そして、お前の肌の感じも…——」

王子が起き上がったと同時に、ぬるりとそれがフロリアンの中から零れ出た。

身体の繋がりが解け、少し残念な気持ちになる。しかし、愛する者はすぐ傍らだ。

「……な、なんだ⁉」

リュシアン王子が彼らしからぬ驚きの声を上げたのは、ややあってからのことだった。

「どうしたんです？」

「フロリアン、お前…少し胸が膨らんでないか？」

「胸？」

フロリアンは胸に手をやった。

確かに、ほんの少し膨らみが——成長途中の少女の胸が出来ていた。

乳首が一回りほど大きくなり、心なしか色も鮮やかになっている。

「身体が…変わったのか？」

女性の身体になったのかとリュシアン王子は聞いてきたが、そうとは言えない。

フロリアンは首を横に振った。

「下はちゃんとあるみたい」

そろそろと手を伸ばし、王子はフロリアンの萎えたものを握った。

「あっ」

彼が手ずから包皮を引き下ろし、大人の形にしたそれである。

「確かに、あるな」

目を合わせ、二人は頷き合った。

「胸だけでしょうか？」

「どうだろう。確かめてもいいか？」

「確か…める？　え？」

フロリアンはリュシアン王子が何を確かめようとしているか分からなかった。

首を傾げつつも、王子に好きにしていいと許可した。

リュシアン王子はフロリアンの片足だけをそっと持ち上げて……——。

覗き込み、彼は唸るように言った。

「……なるほどな」

「な…なんです？」

フロリアンの足の間、二つの球を収めた袋の後ろを指で辿った。

「ここに、花が咲いているんだ」

「え？」

花弁をぬるっと辿られ、フロリアンはがくがくと大きく身悶えた。

「濡れそぼった可愛い花だ。でも、とても小さい」

「…………」

「お前は男でもあり、今や女でもあるのか……フロリアン、なんて素晴らしい！」

「素晴らしい？」

フロリアンの未練がこういう形になっただけである。女性の身体になることを受け入れず、逆らい、そのままであろうと足掻（あが）いた結果だ。

自分がどうなったのか明確な把握には至らないので、今はまだ嫌悪や拒否感まではない。

ただただ戸惑うばかりである。

「リュシアン…あなた、これでも僕を愛せますか？こんなどっちつかずな身体を受け入れられる？」

「愛せるとも」

夫である王子は言った。

「わたしはこの身体を美しいと感じるし、お前らしいとも思っている……ああ、そうじゃないな。肉体はどんな形でもいいのかもしれない。仮にお前が獣になろうと、鳥になろうと、わたしはお前を追いかけていくだけだ。そして、そこに独自の美しさを見出すだろう」

そして、胸の初々しい突起に口を寄せ、そっと吸った。

「あ…あうっ」

身体が撥ねてしまう。

「もしかして、前よりも感じるんじゃないか?」

いやいやと首を横に振りながらも、フロリアンの心には確かな満足があった。

言葉のプレゼントを貰った。豪華な花束のような言葉。

それを口にしたリュシアン王子を信じられるのは、なんと喜ばしいのだろう。

(獣でも鳥でもないけど、リュシアンは僕を追いかけてくるって。男でも女でもない身体の僕をずっと愛してくれるんだね)

もっとも、未熟な女性器では、彼を受け入れられないかもしれない。子を産むまでには至らないかもしれない。

あるいは、しばらくしてまた男の身体に戻ってしまうかもしれない——フロリアンが強くそう望んでしまうなら。

未来はまだ不確定だ。

しかし、わざわざ聞かなくても分かっている。それでも、リュシアン王子はフロリアンを愛し続けてくれるだろう、と。

女児として生まれ、長い間を少年として育った。

恋をして、やっと生まれついた身体に戻れるなんて……ああ、なんて厄介な。

(全く、変な魔法をかけてくれたもんだよ)

誕生祝いだったはずなのに、この思いつきは全く感心しない。

魔法使いのお節介な魔法はいらない。

（自分の力で幸せにならなきゃね）

胸にしゃぶりついている男の顔を掬い上げ、口づけをねだる。少し開いた唇から、舌先をちろりと覗かせて……。

とびきり甘いねっとりとした口づけの後、澄んだ青い瞳がフロリアンを捉えた。

「愛しているよ、フロリアン」

愛している、愛している、愛している……鼓膜が甘く振動する。

脳が愛に痺れた。

そして、再び身体も熱く……――。

「もう一秒だって離れては生きられない。そうだろ？」

「子供を…産めないかもしれません」

「構わないよ。それでも、お前はわたしの唯一無二の妃だ」

「でも、王には世継ぎがいなければ……」

「子を成さないことでお前が責められるようなら、わたしはさっさと王冠を脱ごう。前にも言ったように、王位など弟のアンリかその子に譲ればいい。わたしはただお前といたいんだ。お前が側にいてくれればそれでいい」

身も心もリュシアン王子に吸い寄せられてしまう感覚に、フロリアンは初めてあぁっと気がついたのだった――これが王子の魔法なのかもしれない、と。

「……す、すごいや」

青い瞳の中に捉えられた自分を見つめながら、フロリアンは指摘した。

「あなたって魔法使いですね」

自分では気づいていないだろうが。

「修行はしていないが？」

王子は首を傾げた。

「あなたは僕に魔法をかけましたよ。だって、僕はもうあなた以外の人に目が向かない」

「そうか」

リュシアン王子はにやっと笑った。

「わたしは魔法を使ったのかもしれないな。それなら、お前だって魔法使いじゃないのか？」

「え、僕が？」

「分からないかな。さっきから言ってるだろ、わたしはお前に首ったけなんだ。王族の男としては恥ずべきほどにね。グロリア生まれの珍しい薔薇の蕾よ、いつ花開くかはお前次第だ。わたしはただ水をやりつつ側にいよう」

「おお、リュシアン！」


もう本当に言葉はいらなかった。

フロリアンは愛する夫を力一杯抱き締めながら、押し寄せる幸せの予感にわなないた。

自分の身体に裏切られようと、彼に裏切れることはきっとない。

『そう、それをわたしは望んでいた』

偉大な魔法使いヒルデガルドの声が、またしてもフロリアンの頭の中で響く。

『わたしが仕掛けたことは、真の恋人たちにとってはほんの小さな障害にすぎないのだよ』

あとがき

ここ数年の女装好きが頭の中で沸騰し、とうとうこんな話を書いてしまいました。ファンタジーだから、まぁいいか。

水無月さらです、こんにちは。

楽しんでいただけましたでしょうか。

いや…ね、本当に女装っ子は大好きなんだけど、たぶんわたしが最も惹かれるのはジェンダーの揺らぎってやつなんだと思うんです。男でも女でもないもの、それを超えた…あるいは、超えようとするものに色っぽさや危うさを感じます。

タカラヅカや歌舞伎、V系バンドにぞくぞくしちゃうのはそういうことなんじゃないかなあ、と。

そんなわたしからすると、オス○ルさまやサ●ァイア王子は至高の存在。男装の麗人には痺れますな。

男の子と女の子の身体が入れ替わっちゃう系の話も好物です。とりかえばやなストーリーにも間違いなく飛びつく。けなげさや必死さにぐっとくるのよ。

もっと軽いシチュエーションでもいいかもしれない。

たとえば、女子校で王子さま扱いされているボーイッシュな外見の女の子が後輩女子に告白されて戸惑ったり、学園祭で学ラン姿で応援団長をやることになってしまったり……とか。男の子だと、洗面所にあった姉の色つきリップをなんとなく塗ってみたりと、罰ゲームで男同士でキスしたらちょっとドキドキしちゃったり……とか、そんなんでもわたしは全然萌(も)える。滾ります。

ボーイズラブ作家としては、この頭にある萌えの全てを書くわけにはいかんのですが……ああ、でも、このプロットを通してしまった担当Mさん、かなりチャレンジャーな人だと思うのよ。個人的に大拍手だわ。

今回お送りしますのは、魔法使いに育てられたアヴァロン国の王太子リュシアンと、隣国グロリアの性別がわからんことになっている王子（王女）フロリアンのラブストーリー。黒髪×金髪。ちょっと年の差、体格差があります。温泉シーンあり。そして、一角獣に乗ってるよ。その辺がセールスポイントになるのかな。

替え玉であるアデルとの百合なシーンもぽっちり。男装の二人がくるくる踊るシーンも個人的には見所です。

ラストのフロリアンの今後の在り方については賛否両論に分かれるかと思いますが、わたしの書き手としての拘(こだわ)りで……こうなるのが最も自然だろうな、と。

ところで、わたしがグロリア国の妃だったとしたら、こんな贈り物をしてくれちゃう魔法使いは出禁にしますよ。とんでもない。幼児に男も女もないなんて言ってますが、結構あると思うのよ。男児のほとんどは人形よりも自動車を手にするもんです。だからこそ、わたしは稀に見るジェンダーの揺らぎに魅せられるのでしょう。

イラストの北沢きょう先生には秀麗なリュシアンを描いていただき、うっとりしました。フロリアンはイメージし難かったと思うのに、こんなに可愛くて……ちょっと嬉し涙よ。

担当Mサマ、関係各部署の皆様、家族に友人たち……みなさまのご理解とご協力に感謝致します。お陰で、また一冊本が出せました。

そして、最後になりましたが、これをお手に取って下さった方々に最大級の愛を。

お話世界に飛べたなら、ユニコーンの背に乗って魔法使いに会いに行くのはいかがでしょう。わたしはクレメンタインが作ったスープを飲んでみたいです。

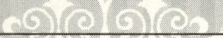

ふたりの彼の甘いキス

ふたりのかれのあまいきす

葵居ゆゆ

イラスト：兼守美行

本体価格870円+税

漫画家の潮北深晴は、担当編集である宮尾規一郎に恋心を抱いていたが、その想いを告げる勇気はなく、見ているだけで満足する日々を送っていた。そんなある日、出版パーティで知り合った宮尾の従弟で年下の俳優･湊介と仲良くなり、同居の話が持ち上がる。それを知った宮尾に、「それなら三人で住もう」と提案され、深晴は想い人の家で暮らすことに。さらに、湊介の手助けで宮尾と恋仲になれ、生まれて初めての甘いキスを知る。その矢先「深晴さんを毎日どんどん好きになる。だからここを出ていくね」と湊介にまさかの告白をされ、宮尾のことが好きなのに深晴の心は揺れ動き……？

リンクスロマンス大好評発売中

月の旋律、暁の風

つきのせんりつ、あかつきのかぜ

かわい有美子

イラスト：えまる・じょん

本体価格 870 円+税

奴隷として売られてしまったルカは、逃げ出したところをある老人に匿われることに。翌日老人の姿はなく、かわりにいたのは艶やかな黒髪と銀色に煌めく瞳を持つ信じられないほどに美しい男・シャハルだった。行くところをなくしたルカは、彼の手伝いをして過ごしていたが、徐々にシャハルの存在に癒され、心惹かれていく。実はシャハルはかつてある理由から老人に姿を変えられ地下に閉じ込められてしまった魔神で、そこから解き放たれるにはルカの願いを三つ叶えなければならなかった。しかし心優しいルカにはシャハルと共に過ごしたいという願いしか存在せず……。

二人の王子は二度めぐり逢う

ふたりのおうじはにどめぐりあう

夕映月子

イラスト：壱也

本体価格870円+税

日本人ながら隔世遺伝で左右違う色の瞳を持つ十八歳の玲は、物心ついた頃から毎夜のように見る同じ夢に出てくる王子様のように綺麗な青年・アレックスに、まるで恋するように淡い想いを寄せ続けていた。そんな中、ただ一人きりの家族だった祖母を亡くした玲は、形見としてひとつの指輪を譲り受ける。その指輪をはめた瞬間、それまで断片的に見ていた夢が前世の記憶として、鮮明に玲の中に蘇ってきたのだった。記憶を元に、前世に縁があるカエルラというヨーロッパの小国を訪れた玲は、記憶の中の彼と似た男性・アレクシオスと出会い――？

リンクスロマンス大好評発売中

ヤクザに花束

やくざにはなたば

妃川螢

イラスト：小椋ムク

本体価格 870 円+税

花屋の息子として育った木野宮悠宇は、母の願いで音大を目指していたが両親が相次いで亡くなり、父の店舗も手放すことに。天涯孤独となってしまった悠宇は、いまは他の花屋に勤めながらもいつか父の店舗を買い戻し、花屋を再開できたらと夢見ている。そんなある日、勤め先の隣にある楽器店で展示用のピアノを眺めていた小さな男の子を保護することに。毎月同じ日に花束を買い求めていく男、有働の子供だったと知り驚く悠宇だが、その子に懐かれピアノを教えることになる。有働との距離が縮まるほどに彼に惹かれていく悠宇だが、彼の職業は実は…。

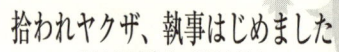

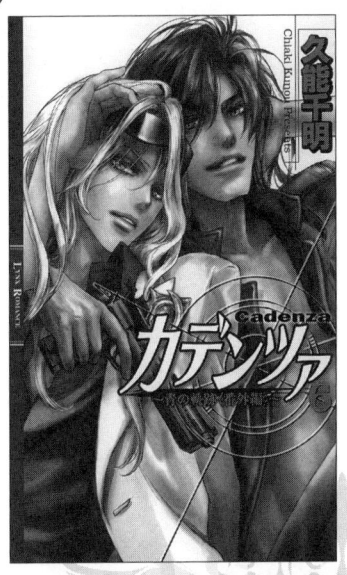